飞扬

飞扬·青春校园作家美文精选

一场倾诉

省登宇 主编

国际文化出版公司
·北京·

图书在版编目（CIP）数据

一场倾诉 / 省登宇主编．—北京：国际文化出版公司，2012.6（2024.5 重印）
（飞扬·青春校园记忆美文精选）
ISBN 978-7-5125-0348-9

I. ①一… II. ①省… III. ①散文集—中国—当代 ②短篇小说—小说集—中国—当代 IV. ① I217.1

中国版本图书馆 CIP 数据核字（2012）第 065400 号

飞扬·青春校园记忆美文精选·一场倾诉

主　　编　省登宇
责任编辑　宋亚晅
统筹监制　葛宏峰　李典泰
策划编辑　何亚娟　刘露芳
美术编辑　刘洁羽　王振斌
出版发行　国际文化出版公司
经　　销　国文润华文化传媒（北京）有限责任公司
印　　刷　三河市同力彩印有限公司
开　　本　700毫米×1000毫米　16开
　　　　　9.75印张　131千字
版　　次　2012年6月第1版
　　　　　2024年5月第2次印刷
书　　号　ISBN 978-7-5125-0348-9
定　　价　38.00元

国际文化出版公司
北京市朝阳区东土城路乙9号　邮编：100013
总编室：（010）64270995　传真：（010）64270995
销售热线：（010）64271187
传真：（010）84271187-800
E-mail：icpc@95777.sina.net

第1章　焰火季节

第2章　似水流年

第3章　黑白森林

第4章　玄光幻影

第 1 章

焰火季节

人们总说看焰火的人是幸福的，那是因为我们看到的是别人的背影，却看不到各自的表情

半夏

◎文 / 林培源

——宁夏宁夏，你为什么叫宁夏呢?

男生颀长的身影掩映在木棉树巨大的阴影里。南方的夏天总是来得如此兀然，绿色的曼延如同画布上倾倒的颜料，一点点浸润眼前的世界。

十六岁的夏天，宁夏喜欢上一个比她大三岁的男生。忘了是怎么一个开始，宁夏的生命里出现了一道光，那仿佛云层中透露出来的炽烈阳光，刺得她眼睛生疼。

从此之后，宁夏就经常反复地咀嚼一个叫做青禾的名字。就像每天晚饭之前的祷告。生命被烙进了另一个人的痕迹，从此，喜怒哀乐，万劫不复。

宁夏想，这个就是自己想要爱的男生吧，像一个咒语，被反复诵念，可每念一次，心就会像被刀割一样，疼痛难耐。

十六岁之前，宁夏一直生活在一个人的世界里，一个人上学，一个人放学，一个人吃饭，一个人弹琴，一个人看书，一个人说话……宁夏说，我一直躲在门缝后面看世界，我如此清楚地看着你们，而你们却永远无法将我看清。

沉默寡言一直是她留给别人的印象。只是，没有一个人知道这样一个女生，就像一块拒绝融化的冰，一旦遇到了生命中的太阳，就会义无反顾地融化，哪怕蒸发，

直至消失不见。

而青禾，应该就是自己生命中不可一世的太阳。

宁夏常常站在教室外的走廊上，看着对面高三的教室，搜寻他的身影。

起身走出教室的样子，站在饮水机前倒水的样子，和同学打闹的样子，站在走廊前一脸落寞的样子，这些都是这个夏天到来之前刻在宁夏心里的一帧帧画面。

那么遥远的距离，宁夏想，或许，只能这样远远地观望吧。无法跨越的河流横亘其中。为什么就不能认识他呢，三年的距离又到底是什么概念。

这些都是萦绕在宁夏心里，挥之不去的影子。

时间退回到之前的四月，宁夏第一次读到了他的文字。在此之前，他的名字只是别人口中反复念叨的一个符号，宁夏拒绝读任何有关他的文字。宁夏也不知道自己为什么会如此特立独行，别人喜欢的自己偏偏就置之不理。

一直以来宁夏就是这样，从来不对别人热衷的事物趋之若鹜，以冷漠的姿态远远观望。

宁夏第一次认识他，是在高一下学期的开学典礼上。他的名字作为学校的荣耀被校长字正腔圆地念出来，有人哗然，有人惊叹，在一片震耳欲聋的掌声中，宁夏抬头，看到他的名字如此突兀地出现在宽大的屏幕上。像一道亮光，刺痛了自己的眼睛。

如今，每次看到有人拿着印有他文字的书一脸欣喜地炫耀时，她就感到可笑，都只是肤浅的人，宁夏想，这个人，到底身上有什么磁场呢，可以让别人那么轻易就被吸引。而自己只不过是一个绝缘体，浮生来回，冷眼静观。

——宁夏，为什么不去看看他的文字呢，真的很好的哦。

宁夏看着眼前笑靥如花的沐沐，轻轻地摇了摇头。

——好啦，不勉强你，等你要看的时候再来找我。

沐沐是宁夏来到这个班里认识的第一个女生，虽然不是无话不说，但宁夏总能在她身上感受到自己所没有的温热的光，为人亲善，拥有水晶石一样明亮的眼睛以及迷人的笑容，是那种会在人群中一眼就认出来的女生。

当沐沐望着眼前的宁夏时，她就在想，或许她注定了只能活在一个人的世界里。所以，即使别人说她高傲，说她冷漠，沐沐还是把她当成了自己的好朋友，与她分享自己的秘密，牵着她的手走过喧闹或者安静的人群。因为，她不能丢下她一个人，她希望自己的生活里出现一个朋友，她可以不漂亮，可以不善言语，但她必定是那种能带给人安静的人。而宁夏，就像她的名字一样，在喧闹的夏天无比宁静，无比美好。

春天的气息还是无所不至，淅淅沥沥的小雨弥漫了整个校园。宁夏一个人趴在课桌上，一笔一划地写着那些充满忧伤和绝望的文字，一直以来都这样，不想说话的时候就兀自在纸上来来回回地写着。

> 于千万人之中，遇见你所要遇见的人，于千万年中，在世间的无边的荒野中，没有早一步，也没有晚一步，刚好赶上。

宁夏忘了是在哪里看过这句话的，有时候就是这样，一些隽永的语句被铭记于心，如同一把锋利的剑，猝不及防，刺中内心。

宁夏喜欢安妮宝贝，每晚入睡之前一定会看她的文字，看这个住在文字背后的女子怎样以一种决裂的姿态观望这个灯火辉煌的世界。文字被她熬成一锅看不见颜色的汤，散发着令人无法抗拒的香气。只喝一口，便会让你沉浸其中。

这似乎已经成了一个习惯。许多时候，习惯的力量潜移默化，像

罂粟一样让人沉迷其中。这些年来，宁夏一直固守着一种不同于别人的生活方式，隐忍的，或者静谧的。宁夏想，如果他的文字可以让我改变这个习惯，那么，我或许就会喜欢上他。

四月的天空还是一片阴霾，断断续续的雨水淹没了眼前的晴空。

靠窗的位置还是很好的，可以看到外面高大的木棉树以及头顶飞翔而过的鸽子。上课走神的时候宁夏就会望着窗外，看那些鸽群如何辗转飞过头顶狭小的天空，如何扑扇着翅膀在灰蓝色的天空中划出看不见的痕迹。又或者，偷偷翻看方文山的诗集，看那些淡然如云的文字错落有致地重叠在自己的生活里。

发现他也是个偶然。很多很多个早晨，他总习惯一个人捧着课本来到宁夏教室外面的天台晨读。第一次与他擦身而过，是和沐沐在一起。沐沐拉着宁夏的手说，看哪，就是他。

宁夏转过身，只是看到男生瘦削的背影，隐没在四月柔软的光线中。

一整个咸咸的下午
我在晒谷场暴晒
那些歪歪斜斜的字
烫平了一张皱巴巴的
糖果纸
也秘密记住了某个人加了盐的样子

那一天下午，宁夏在方文山的诗集里读到了这么一段，禁不住会心一笑。

早在知道他长什么样子之前，宁夏就曾在网上遇到过他。那是他第一次来到文学社的 QQ 群里。别人都喊他学长，只有宁夏直呼其名。

那个时候的他，还是很讨厌宁夏的吧，以致宁夏执意要传一部电影给他都被他拒绝了。

——是部很感人的电影呢！宁夏说，希望你看看。

——对不起，我真的没空，以后吧。

宁夏坐在电脑前，一脸无奈。

四月到来的时候，宁夏读到了他的文字，那些印在社刊上的文字像是这个四月的阳光，给宁夏灰暗的内心带来了些许微光。

是谁说过，成长带来了马不停蹄的忧伤，而所谓的忧伤说到底不过是脆弱者用来掩饰内心惶恐的方式罢了，就像隐匿在浮萍底下的鱼儿，我们一面逃避一面又疯狂地吐着泡泡，以此来证明自己的存在。

一针见血，让宁夏惶惑不安，无处可逃。原来自己所坚守的那个文字城堡如此脆弱，自己真的就是隐匿在浮萍底下的那尾可怜的鱼儿。

他写那些年少岁月才有的爱情，纯真到让人锥心泣血。

他写高三的惶惑不安，写没有结局的故事。

是不是爱情也像拼图，少了任何一块都不能拼凑成为完整的幸福?

第一次，宁夏窥见了男生心里不曾被揭开的伤疤，她看到它们汩汩地往外冒着鲜血。她心痛，为他，也为他笔下那些不完整的幸福。

她想，他到底是怎样一个人呢? 为什么他的文字总能让人在温暖的同时微微疼痛。

心里的那道防线终于还是彻底崩溃了，山洪暴发，汹涌的水流涌出青春的缺口。她承认自己的确喜欢上了他的文字，只是，她还是不习惯像别人那样趋之若鹜。还是会在 QQ 上遇到他的时候直呼其名，青禾青禾。

青禾说，我经常在你们班级前面的天台晨读。

宁夏其实早已经知道，但还是假装很好奇地问一声，是吗? 那你们的教室在哪里呢?

呵呵，就在你们对面呢，和你们高一同一个走廊。

宁夏说，我认识你。可是，你却不认识我。

呵呵，有机会一定会认识的。

这个时候宁夏才发现青禾的语气和缓了许多，不像先前那样盛气凌人了。

至于原因，宁夏想，应该是在他看了自己发表在社刊上那篇《红鞋》之后吧。毕竟对于同样喜欢文字的人，灵魂都是相近的。

青禾说，其实我还是很平易近人的，只是在陌生人面前，比较冷漠罢了。

心里微微一震，原来，这个男生也像自己一样，总像刺猬一样防备着别人。

宁夏啪啪啪在键盘上敲下一行字：下星期一若是经过我们教室门口，我送一本书给你好吗，我想认识你。

——我想认识你。

直到今天，宁夏还是很后悔当初这么说。宁夏想，他，会不会也把我当成那些众多的崇拜者中的一个呢。这么想着宁夏就后悔得想打自己几个巴掌。

那一天的图景被定格在青禾眼睛里，泛着微微的蓝光。宁夏抬起头看着眼前的男生，看到他的刘海被风吹动，他抱着课本的双手露出清晰的经络。十指不算修长，但会让人忍不住猜想，他就是用这双手写下那些让人痴迷的文字吗?

如今回想起来，青禾还是会很清晰地记得那一天的情景。宁夏抿着嘴唇看着他，没有说话，像个害羞的小孩子，从背后拿出一本书塞到他怀里，然后就头也不回地跑回教室了。

剩下青禾一个人站在走廊上，摸着后脑勺有些尴尬地笑了起来。

这些都好像是电影里或者小说里的情节，没想到就发生在自己身上。如此真真切切，以至于那天的阳光什么温度，那天的宁夏扎了什么样的辫子，依旧清晰得毫发毕现。

是方文山的一本诗集。素颜韵脚诗。这样的诗句就像那天的宁夏，素面朝天，拥有阳光也化不开的容颜。

青禾总是这么迟钝，这是许多认识他的人的一致评价。后来宁夏说，你这个迟钝的木头人，为什么这么迟钝呢，害得我要加倍对你好，这样你才能感觉到。

而在青禾认识宁夏的那一天，他就暴露了自己的“迟钝”。放了一天才发现诗集的封底夹了一封信。

那天他看到信之后吓得朝四周看了看，还好，信没有被人拆开过。

青禾就这么坐在宿舍的床铺上展开信，不是什么特别的信纸，淡淡的铅笔字，写在洁白的稿纸上，被惨白的日光灯照得泛着模糊的光。

> 当身边的同学在我面前天花乱坠地夸赞你时，我总会在那儿清高地对他们说，别那么痴了，我才不会像你们那样。但无奈，其实我真的无法否认我对你的欣赏，只是，我不甘沦为他们那一类醉生梦死的人罢了，可能，会有很多很多人给你写东西吧，呵呵，我也沦为凡人了。总以为自己也是不食人间烟火的……

信的末端，署着宁夏的名字，还有她的手机号码。

青禾总是这样，有时候心坚硬得如同一块金刚石，也许这正是所谓迟钝的内在原因。对于所谓的感情，他总是刻意在逃避，像是躲开一场无形的瘟疫。或许只有拥有火一样灵魂的人才能让他忘掉瘟疫，如同帕格尼尼的琴声让意大利人将霍乱抛却脑后一样。

那本诗集在青禾毕业前一直静静地躺在他的床铺前。如今封面已经被磨得起了毛边，那时候每晚睡觉前青禾都会轻轻念一小段，像个虔诚的伊斯兰教徒诵读《古兰经》。

你的　单纯　自成一个世界
那里的云　像暖烘烘的棉被
空气里　流动着纯度很高的无邪
亲密纷飞　午后的风像抱枕般容易　入睡

你的　单纯　自成一个世界
爱情羽化成蝶　恋人们觅食　取之不尽的体贴
温柔长满了旷野　思念像森林般紧紧包围
在誓言播种的季节　转眼间　厮守终生结实累累

你的　单纯　自成一个世界
人潮中　爱透明得　可以连续看穿　好几个谁

方文山是青禾从初中就顶礼膜拜的人，因为他的词，他喜欢上了Jay。现在又因为他的诗，认识了宁夏。

就像这首《单纯》所描写的那样，青禾一直很喜欢里面那些只可意会不可言传的微妙感觉。

后来宁夏说，你知道吗？我也很喜欢那首诗，总觉得，这首诗便是为你而写，因为你单纯的内心世界，让人不忍心去打扰。

我看得见在那一片茂密荒草中的那个孩子。他用双手紧抱着膝盖，将头深深地埋在里面，犹如一头受了伤的幼兽，保持着婴孩时期待在母体内的那种姿势。我不知道我看得是否属实，亦或是，我是看到了我自己。因为，我也是一个在荒草中久待的孩子，我深知哪条小径能直通到那个孩子身边。

——宁夏

2007年4月

青禾一直害怕面对宁夏，因为她总是如此直接就看清楚了他刻意隐藏起来的内心世界。无可遁逃。

忘了是怎样开始的一个故事，纹路凌乱，找不到头绪。麻雀叫嚣着飞过木棉枝头的日子，细雨如丝的日子，总能在天台轻易就看到他的身影，总是一个人。面无表情地经过教室外的走道，单薄的身影，微微蹙起的眉头。有时候站在亭子下面，有时候站在地球仪背后。

——宁夏，你真的让我意想不到，告诉我怎么认识他的吧？真羡慕你哦！

每次沐沐央求宁夏跟她描述那天的情形时宁夏总是说，其实没什么啦，不过借了本书给他，然后就认识了——轻描淡写得好像在说着别人的故事。至于写信的事，她只字不提。

沐沐眼里闪过暗淡的光，有些失望，但随即又恢复了以往的谈笑自若。

宁夏懂她，什么都懂，只是很多东西无法说清，亦无须说清。她总是这样，轻易就将一个人的内心洞穿，以致沐沐总是说宁夏是个可怕的角色，只是，有些东西看得越清，会伤得越重。所以沐沐还是宁愿固守着一个孩子应该有的那份单纯，快乐的时候可以哈哈大笑，难过的时候可以趴在朋友的肩头放声痛哭。

而宁夏，为什么你总如此安静呢？

生活终于还是被撕开一个角，她看到他肆无忌惮地闯进自己的世界，轻易就将她的过往碾得支离破碎。

就像他发给她的短信那样，到底是谁闯进谁的世界，又是谁伤害了谁？

至今宁夏也弄不清楚为什么就偏偏相遇了，就偏偏让他这样没有经过同意就住进了原本属于自己的那个世界。从此，浮生来回，斯人独憔悴。

日子过了一天又一天，四月很快就过去了。一整个四月，充满棉花糖一样美好的味道。对于宁夏来说，生命中的黑暗角落已经被开启，阳光照射了进来，藤蔓植物肆意生长，纠缠着她脆弱却又倔犟的灵魂。

天台成了宁夏一整个四月都喜欢去的地方。她喜欢站在他面前听他说着只言片语，声音温和，像是没有经过打磨的水晶石块，带着磁性的质感。那时候的他们离高考还有两个月。宁夏本不想去打扰他，可是看到他那么辛苦的背影，总是会忍不住心疼。尽管他的成绩向来很好，这也是别人会惊叹的原因，因他并不是那种除了会写东西便一无是处的人。

宁夏不是送苹果给他吃就是买来一大袋的麦当劳早餐送给他。那时候青禾总是觉得不好意思，但又不好拒绝宁夏的一番好意，于是总是抱着满怀的东西快步走回教室，生怕别人看见。

但其实这一切还是显而易见的。班里的人总是看到他抱着课本出去，然后又抱着一大包东西回来。于是总有男生故意起哄，嘿嘿，青禾真幸福啊！然后便是集体高歌一曲《甜蜜蜜》：甜蜜蜜，你笑得甜蜜蜜，好像花儿开在春风里……

每每这时，青禾便会不知所措，然后趴在课桌上啼笑皆非。

但心里还是充满了美好的感觉，毕竟来这所学校三年了，从来没有一个女生对他这么好。遇到的那些女生，也不是没有对自己好的，只是对于宁夏，青禾觉得这样的勇气真是让人佩服。

青禾叫维尼过来一起分享食物，毕竟一个人哪吃得了那么多。维尼一边吃一边说，臭小子，桃花运还真好。那女生，该不会对你有意思吧？说完故意用一种奇怪的眼神看着青禾。

青禾笑笑说，我都快毕业的人了。有意思又能怎样呢？

维尼用手擦擦嘴，然后故作深沉地摇了摇头，真是身在福中不知福啊！

那天夜修下课后，青禾照例是要在三楼的走廊上等维尼他们。然后几个人晃晃悠悠地走回宿舍。

口袋里的手机就在这时候震了起来。打开来，是宁夏的短信：那个故事，是不是真的呢？女主角真的存在吗？

青禾知道她指的是自己前些日子写的小说。青禾打下一行字：故事大部分是虚构的，只不过我把自己当成主人公罢了。然后按了发送键。

良久，宁夏回了短信：你知道吗？我已许久，许久不曾这样感动过，你的文字让我有说不出的感觉，正是因为这篇文字，我才那么地喜欢你！

——正是因为这篇文字，我才那么地喜欢你！

青禾不知道为什么她会说出这样的话。直到今天，青禾也万万没有想到，一个故事，会让宁夏那样义无反顾地坠落。内心微微震动，原来，维尼的话不无道理，以前，自己不过把她的好当成了一种朋友间或者师兄师妹间的友好，以前宁夏没有说出口，自己也就顺其自然，毕竟，青禾从来都不忍心去拒绝别人的好，只是没想到，担心的事情终究还是发生了。

青禾说，不要轻易对一个人说喜欢。

就是这样冷漠得让人绝望的话，从口中说出，成了暗夜里的冰凌，一下一下扎在宁夏的心上。

宁夏坐在书桌前，盯着手机屏幕看了好久好久。内心酸痛，她知道这样做的后果，可不管有多痛，她还是宁愿做一只飞蛾，唯有扑到那一团炽烈燃烧着的火焰上才肯罢休。

——如此倔犟而坚强的女生。

青禾一直以来都在逃避着某些事情，譬如感情，或者某些自己不想要的东西。

青禾对宁夏说，知道吗，我们之间不可能有结果的。我就要高考，然后走出这所学校。而你还要继续自己的学业，我不想因为自己而伤害你。

——可你知道，我是那么地爱你，不是喜欢，是爱！你知道吗？！

青禾看着眼前这个有着倔犟眼神的女生，有的已不是同龄人眼中的稚嫩。她的一举一动，分明透露着与年龄不相符的决绝。

——我的生命，曾经从死神手里抢救过来。

宁夏看着远方的天空，自顾自地说着。

——十岁那年，阑尾炎，若不是及时送到医院，怕早已穿孔。后来又得了肠胃病，每天每天不停地吃药，看到药就反胃，现在胃也不好了。

——这种感觉你又如何懂呢？所以很小的时候我就决定，以后如若遇到自己喜欢的人，一定不会再错过了。所以，我从不轻易放弃自己所爱。

青禾静静地听着她的叙述，眉头微皱，他从来没有想到宁夏的背后还有这样的故事。

——可是，你要知道，一份没有结果的感情是不值得经营的。我还有高考，还有大学。

——可是，难道我们真的一点可能都没有吗？

——是。

青禾的语气如此笃定，容不得半点商量的余地。

宁夏抬起头看着他的眼睛，深不见底。为什么总要如此刻意掩藏自己呢？我对你好，难道错了吗？我爱你，又错在哪里？为什么你要如此对我，为什么你的心可以硬到如此程度！我只是，只是想全心全意为你啊！

——很久很久以后，青禾还是会想起那句"我只是想全心全意为你"。内心充满巨大的福祉以及愧疚。

但我真的不能接受你，有些感情我们无能为力，宁夏，做我妹妹好吗？就当我求你了！好吗？

青禾伸出手搭着她的肩膀，眼神哀伤。语气中充满不可名状的无奈。这个，就是你的理由吗？嘀，青禾，我只是想对你好，为什么你就不能接受呢?

说着说着,宁夏的眼泪就不知不觉掉了下来。青禾伸手要为她擦去,却被她挡住了。青禾的手就这么尴尬地架在空中,像是凝固的雕像。

你若是那含泪的射手
我就是　那一只决心不再躲闪的白鸟
只等那羽箭破空而来射入我早已碎裂的胸怀
你若是这世间唯一唯一能伤我的射手
我就是你所有的青春岁月
所有不能忘的欢乐和悲愁就好像是最后的一朵云彩
隐没在那无限澄蓝的天空
那么　让我死在你的手下
就好像是　终于能死在你的怀中

时至今日,宁夏念念不忘的总是席慕容的这首诗。她曾将她输进手机里,然后发送给他。或许,只能用这种方式去表达自己的感受。而,每次,他总是沉默,没有任何回答。

这是四月里青禾所遭遇的困境。每次说出那些拒绝她的话,青禾总会感到一阵又一阵的心痛,毕竟,他不愿去伤害别人,可是除了这种方法之外他别无选择。长痛,不如短痛。

头一次,青禾没有去天台晨读。那天,宁夏站在走廊上等他,却怎么也望不到他的身影。宁夏知道,或许以后他再也不会来这里了。心里不免有些落寞。

她发短信给他,他也不回,好像在刻意躲避。宁夏跟沐沐说,如果我早出生三年,故事会不会朝着另一个轨迹行进呢,可是,故事还没有开始他就不理我了。我到底做错了什么?

沐沐抱着宁夏,傻瓜,你什么都没有做错,爱一个人并没有错,更何况他是如此出众的人呢。

他就像是心头的一根针。你也许感觉不到他的存在，但他又是如此突兀地扎着你。

此情无计可消除，才下眉头，却上心头。

彼此间有一个星期没有联系。转眼四月就过去一半了。凤凰树开始生出绿色的花蕊，日照一天比一天长。班里弥漫了看不见的硝烟，空气里也多了缕缕紧张的气氛。青禾像一尾沉潜在题海里的鱼儿，偶尔抬起头浮出水面，发现自己的眼睛已经一片模糊，恍若隔世的感觉。窗外的天空越来越晴朗，夏天就真的要到了，走在校园里，已经可以看到穿短袖的人了。

宁夏的短信还是照旧一条一条地飞过来。宁夏说，原谅我那天说的话好吗？就让我做你的妹妹吧！

做我师妹不也一样吗？

不好不好，我只想做你妹妹。

思索良久，青禾才回答她：好吧。

冰冻许久的空气开始融化，宁夏握着手机哭笑不得。难道真的只能这样吗？为什么永远只能扮演妹妹的角色？她不知道自己这样的要求算不算妥协，毕竟，角色的转化需要时间去适应，更何况她已经在原先的位置上占据了这么久。也许她会尝试着在新的位置上，倾尽所有对他好，哪怕只是简简单单的几句问候。

第二天，天台上又出现了他的身影。宁夏高兴得像只小鸟，捧着一盒软糖跑了过去。

青禾终于还是露出了微笑，毕竟自己还是很在乎这样一个妹妹的。他和她有一句没一句地聊着。末了，她将整盒软糖塞进他怀里，记得请你的同学哦！

说完转身要走，他叫住她，停顿了一下，还有呢？

她看了看站在阳光里的他，如有所悟，然后便扬起嘴角亲切地叫了一声，哥！

他看着她，突然就很开心地笑了。

每个男生的年少时光总会有这么一个人，你也许并不爱她，但她的温暖总是无微不至。她可以冒着滂沱大雨为你买药，却顾不得自己也正在感冒；她可以排长长的队买你喜欢的作家签名的新书，却顾不得为自己也买一本；她可以缠着妈妈教她炖汤然后送给你喝，却顾不得擦拭自己因为连续几个钟头的辛苦而流下的汗水；她也可以为了你，不顾别人口中的流言蜚语……

宁夏就是这样的一个女生。她自己也不明白为什么会如此对他，好多出现在小说里的情节被自己不经意间复制，然后真真切切地发生在自己的世界里。

青禾说，妹，你真的用糖衣炮弹把我收买了！

每每这时，宁夏总是嘟起嘴巴看他，然后掐他的手，并不忘抱怨一声，你怎么就不长点肉呢，害得我手都疼了。

青禾发现，宁夏已经不是当初那个沉默寡言的孩子了，青禾想，如若自己的存在可以让她找到快乐，那么也不失为一件好事。

青禾放了一张焰火的照片作为电脑桌面。每次打开电脑总是会想起那个美好的夜晚。

盛世的焰火晚会，恰好被他们赶上了。那一天，青禾和几个同学逃课去了，因为刚考完二模，一帮人摩拳擦掌想要出去疯玩一晚。

至今青禾也弄不清楚为什么就这么巧碰见了宁夏。同学看到宁夏，都知趣地走开了，剩下青禾站在草地上一脸苦笑。

宁夏看到青禾的时候高兴得不知道怎么形容，也不管身后的几个女生怎么喊叫。径自走了过来，身后是喧嚣的人群以及灯火辉煌的建筑，广场这边是看焰火的好地方呢，宁夏告诉青禾。

也是，就快开始了，你带相机了没有。

带了，妹做事哥放心哦。

到底要怎样去形容，那些映红天空的焰火。整个广场被五彩缤纷的光芒照耀，孩子欢快的笑声以及人群中时不时爆发出的阵阵掌声，这些，都是那晚挥之不去的记忆。一个钟头的焰火，轰轰的爆鸣声充斥着耳膜，视网膜被不断变换的光线所覆盖。青禾第一次看到这么美的焰火，美得让他无法用言语形容。头顶那些变幻莫测的图案流光溢彩，盛世的图景被描绘成无法复制的奇迹。焰火的季节，停留在这个四月的尾巴上。

宁夏拿着照相机不停地拍，夜里凉凉的风吹着她的长发，表情静默。青禾说，我们合个照吧。宁夏却摇了摇头说，不想。因为，我们配不上这么漂亮的焰火。

那一晚，是宁夏第一次说那么多话，好像多年以来埋藏着心里的话被一下子撬了出来，然后倾倒一地。

——我一个人生活了七年，爸妈很少在家，有时候在家里说话都会有回音。

——其实想想，一个人未尝不好，至少可以做很多自己想做的事情。

——可是这样会失去很多朋友不是吗?

——所以我也没有几个朋友。

——小的时候朋友出卖我了，所以我告诉自己从此不再相信其他人。

——家里养了很多条狗，闷得慌的时候就一个人对着狗狗说话。真的，有时候狗比人更值得做朋友，至少它们不会背叛你。可是人呢，为什么总是那么复杂。

……

青禾说，人们总说看焰火的人是幸福的，那是因为我们看到的是别人的背影，却看不到各自的表情。

这些话，青禾都记得，每字每句都刻印在心墙上。风吹不走，雨打不掉。

那晚宁夏带青禾去宠物店，然后将那些可爱的狗狗一只只介绍给他。

——看，这只长毛的，呈金黄色的就叫金毛，忠实，温顺。

——还有这只，拉布拉多寻回犬，我很喜欢的一种狗，短毛，和金毛体形相似，是最忠诚的一种狗，可以被训练成导盲犬。

——嗯，这只呢——叫西伯利亚雪橇犬，顾名思义，产自西伯利亚，专门拉雪橇的，长相似狼，却很温顺友好。

……

青禾看着眼前这个小自己三岁的女生，很认真地抚摸每一只狗狗，然后如数家珍地介绍。他知道这一刻她是快乐的，至少这是在没有任何压力下所获得的纯粹的快乐。

——宁夏，其实你应该是快乐的，为什么总是将自己桎梏在零度空间呢，拒绝融化，拒绝所有的光和热。

那晚伴随着人群的散去而逐渐定格在脑海里，成了青禾往后一生都无法忘怀的夜晚。

如果这是个陷阱，那么当初到底是谁不小心一步掉进去呢。

流言以光速迅速传播，还不到一天的时间，关于青禾和宁夏一起去看焰火的事情已经成为别人口中的新闻了。

宁夏带着一身疲惫来上学的时候就略约听到了风声。班里的同学看到她的时候都故意避开话题。向来宁夏就不爱和班里人说话，自然也就顾不上问别人。倒是沐沐过来将事情跟宁夏说了，沐沐说，现在到处都在说你和他呢！宁夏知道这些都是意料中的事情，但还是微笑着告诉沐沐，没什么的，我不在乎这些。

嗯，那你自己也要小心些，人言可畏。

谢谢。宁夏回应她一个浅浅的笑容。

有时候宁夏会固执地想，为什么别人总是这样呢，就不容许她占有青禾吗，哪怕现在他们只是兄妹相称。但至少宁夏知道，青禾对于她，已经没有了原先的防备。这样岂不是很好?

至于流言蜚语，宁夏倒是不怕，只是怕他受影响，毕竟他也是小有名气的人了。

宁夏问他，别人都在说我们，你怕不怕?

青禾笑着拍了她的脑袋，怕什么，你都不怕，我就更不用怕。就让暴风雨来得更猛烈些吧！说完还摆出一副大义凛然的姿势。

只是有些事情他们想得太过单纯了。那天上午去做操的时候，走道上被围了个水泄不通。沐沐拉着宁夏挤进去看，却意外地看到了青禾和宁夏两个人的巨幅照片被贴在布告栏上。下面用黑色笔写了一行大大的字：焰火的季节，我们私奔吧！署名是青禾。人群里发出了阵阵笑声，那种锥心泣血的疼痛顷刻间蔓延全身。宁夏咬着嘴唇，挤过人群，然后踮起脚尖，用力撕下了照片，顾不得人群的哄笑声，兀自跑开了。

留下一群人站在原地，面面相觑。

青禾这边的情况也不太妙，青禾就是抓破脑袋也想不出为什么别人就这么有闲工夫去管这些事情。怎么非得用流言蜚语灼伤别人。可世界上就有这么一些人，他们总喜欢将自己的快乐建立在别人的痛苦上。别人越痛苦他们就越得意，并且乐此不疲。

那晚，维尼忐忑不安地过来找青禾。

臭小子，你那晚干吗去了，知不知道现在别人怎么说你。听说你最近都成了女生宿舍的常谈话题了！

不就看个焰火吗，没什么了不起的。

还说没什么了不起，你惨啦，大作家，现在别人一提到你就会加个“花心大萝卜”作为定语了。

——应该很伤心的吧，但还是装作无所谓。青禾不屑一顾地看着维尼。

隔岸观火的人总是这么多。

都这个时候了还给我用比喻句，你都不想想以后怎么做。少跟你妹联系吧，对你对她都有好处。

其实还是很在乎别人的说法，毕竟就快毕业了，如若给别人留下的是不好的印象，自己也觉得很难过。可是又有什么办法呢，流言总是凭空产生却又如此真实存在。

在忐忑不安中度过了四月份，五月也就悄无声息地降临了。整整一个月，发生了太多的事情，纷乱无绪，如同风中翻飞的纸屑，青禾试图伸手去抓，却总扑个空。夜里睡下，总会想起这一个月发生的事情，关于宁夏，关于自己。青禾想，如果当初没有认识她，那么故事会不会走向另一个方向。只是，发生了的事情已经无法假设了，青禾现在要做的就是尽量低调。

空气中充满了燥热，气温一天一天攀升。凤凰花含苞待放，满目青翠欲滴的叶子。

沐沐和宁夏站在天台上。沐沐说，你看，凤凰花就要开了。真想看看它们盛开的样子，应该很壮观吧，为什么直到现在还不开呢?

话音刚落，就发现宁夏盯着自己看了很久，沐沐被她的眼神吓怕了，怎么这么盯着我?

不许它们这么快开。不许。

沐沐知道自己说错话了，随即用手捂住了自己的嘴巴。两人没有再说话，彼此心照不宣，沉默了好久。

照毕业照那天，没有过多的伤感画面。只是五月明晃晃的阳光照得人微微蹙起眉头。如今毕业了，坐在家里捧起那张毕业照，青禾还是会想起很多。宁夏说，那天你们照毕业照的时候我一直偷偷在后面望着你们，只是我找不到你的身影。哥，最近不知道为什么，总是会感到若有若无的伤感。好像空气中潜伏的病毒，不小心就会感染上了。

哥，凤凰花开的日子，你们就要离开了吧。这几天总会想，当你走后，你要我怎么去想你呢？有时我会突然想不起你的样子，这让我多难受，我总把你送我的那叠厚厚的文字放在枕头边，或者塞在书包里，带着它过日子，我总有意让自己习惯没有你的生活。然而，这毕竟不同，毕竟你还未离开，毕竟我还总能感受到我身边的空气因有你的呼吸而升高的温度。我真的就不敢想，即将到来的别离……我和沐沐说，不知道那时我会不会哭呢，又不知道，我们还能怀念多久，所以哥，当你走后，你要我怎么去想你呢？

青禾看着那些熟悉的字迹，陷入了说不清道不明的情愫里。内心被巨大的惶惑所笼罩。离别，那么遥远却又触手可及。生命的维度被无限拉长然后又无限缩短。想想三年来的时光就这么如水流逝，心里竟也止不住一阵阵难过，说好了毕业不伤感的，可为什么还是这样无法控制？

那晚夜修，口袋里的手机震了又震，青禾放下手中正在写的同学录，打开来看，是妹妹的短信。

哥，总得分离的，谁也无法总陪在谁的身边，这是一件必然的事，我们总要学会安然接受去面对。想到你们即将毕业，我也无限地难过，我现在能够做的就只有在这过一天少一天的时间里尽我所有对你好，一颗糖也好，一本书也好，我能做的也只有这些了——这些看似简单却很快就没有机会去做的事！想起以后，每天清晨推着单车走进学校时，无论我怎么抬头寻找也找不到你站在校园某个角落的身影，我就特别难受，毕竟我已那么习惯，你从我身后走过，小声地叫我妹……

字字句句像针一样刺着心里某个柔软的部位。无法抑制的难过像水一样漫过心脏。青禾想，这个妹妹，怎么总这样让人不舍呢。怎么就如此轻易撞击着他刻意隐藏起来的内心呢。

五月的天气总是如此炎热，越来越高的气温，高三已经放假自习了。这是真正的冲刺阶段了。那些日子，青禾总习惯搬张桌子坐在走廊上学习，不习惯班里的喧闹。走廊对面就是妹妹的教室，如今还没有离开就开始想念那些书声琅琅的日子了。青禾会在他们下课的时候站在走廊上，远远地就看到妹妹向自己招手。他回应她，灿若阳光的微笑。

身体渐渐受不了那样的酷热，终于还是中暑了，双腿发软，整个人无精打采。躺在床上看着叠得高高的课本，心有余而力不足。青禾打电话给宁夏，我好像中暑了，真难受。

你在哪里呢？我去找你。

宁夏在电话里的声音充满了担忧，青禾说，我一个人在宿舍。

那你等着我，五分钟后你下来，等着我！

直到青禾毕业了，离开了这所学校，还是会深深地记得那天灼热的阳光以及宁夏满头大汗的样子。小心翼翼地打开揣在怀里的药包，又从书包里拿出一个保温瓶。

——喏，这些都是给你的，记得吃饱饭再吃药，还有保温瓶里的是羚羊水，对中暑蛮管用的，喝完可以再加水。

临走了，宁夏还不忘嘱咐一句，哥，记得要按时吃药，别让我担心了。

整个过程青禾没有说一句话，他静静地看着眼前这个个子不高的妹妹，感受她照顾病人的老练，心生感激。从没有过一个女生对自己如此体贴过。青禾想，自己真的值得她如此吗？

至于后来宁夏怎么花了一整个下午学炖汤给他喝，又怎么冒着酷热骑着单车来到学校送给他，这些都是无法忘却的记忆。青禾津津有味地喝着满口留香的汤，心里溢满了无法言说的甜蜜。宁夏说，只要哥哥开心，我做什么都愿意。青禾再一次陷入了茫然不知所措当中，突如其来的温暖涌遍全身每一个细胞。

像这样的细节还有很多很多，他们满满地排布在五月这个春夏交接的月份。每次回望的时候青禾都会感到无限美好，他可以忘却在地狱仰望天堂的那些煎熬，也可以忘记被功课困扰的烦躁下午，但是他永远不会忘了，在他十九岁的夏天，有一个叫做宁夏的女生，为他所做的那些细微却让人难忘的事情。

而宁夏，真的因为一个人而改变了自己执著的内心。现在，她终于懂得怎么去关心一个人，懂得怎么用尽全部去为另一个人着想。她的世界，不再住着自己，满满装着的都是青春年少应该有的那些秘密以及甜美的回忆。六十天的记忆太过丰美，散落在自己生命里的星辰闪烁着美妙的光芒。

所有一切，如同电影般美好。

——每个人都在追逐一个星星。

这是宁夏在《天堂电影院》里看到过的一句台词，只是，宁夏忘记了里面还有另外一句台词。那是在海边，年迈的艾佛特对多多说，毕竟生活不是电影，生活比电影难多了。

时间的步伐无法阻挡，就在念念不忘的时候，六月也悄然来临。是真正发起冲刺的日子了，一个星期的时间或许就是决定生死的阶段，这是通往天堂的炼狱之路。是谁说过，高考是一碗孟婆汤，高三是你的前世，喝下孟婆汤你便可以忘却前世来到来生。

这来生，便是自己苦苦盼望的大学生活。

轰轰烈烈的高考终究还是烟消云散。跨过了这道门槛，生命的年轮又拓宽了一圈。

如今坐在电脑前面，青禾再一次回到了那些为内心写作的日子，像死而复生，生活的重心再一次转移，没有了烦人的学业，可以肆无忌惮地书写属于自己的生活，聚散离合，安之若素。

眼睛里不断浮现的是那一天艺术馆窗外倾盆的大雨，以及妹妹端坐在钢琴前为他弹奏的那曲《梦中的婚礼》，优美的旋律萦绕耳际，妹妹说她只练了一个星期，只为他。这样的情节很像电影里的片段对吧？可是，它们就真的发生了。伴随着一去不复返的时光，在这个六月的断层里不断滋长，成为藤蔓缠绕着青春年少。

这是青禾在学校最后一次看到宁夏。

四月，五月，六月，记忆像漫天飞舞的棉絮一样填满了宁夏十六岁的天空。季节的胶片放映出黑白映画，投影在广袤的天空，一帧一帧美好的画面。浮光掠影。

只是，很多很多的秘密只有宁夏一个人知道。她从来不告诉任何人。

哥，其实有件事一直没有告诉你，看焰火那晚我胃特别疼，还在发烧，怕扫兴所以不敢和你说。

哥，其实我不怪你，真的，能当你的妹妹我已经心满意足了。我不奢求什么，只是希望能够待在你身边，对你好，看到你笑我就很开心了。哥，其实我是知道的，你一直有喜欢的人，虽然那个人不是我，但我真的不伤心，看焰火那晚我偷偷拿出了你的钱包，然后就看到了里面你和她的合照，突然间就明白了所有的一切，你和她，真的好配，我祝福你，因为我是这样深爱着你们。

哥，或许你这辈子永远也不知道，那张巨幅照片是谁放的，我不说出来，它也就成为一个秘密了。毕竟，谁的年少没有爱过一个人呢，为他付出，为他不择手段。那时不懂，所以愤怒，但后来还是释然了，毕竟我已经拥有了这么多，无法再剥夺别人追求所爱的权利。但我更宁愿相信，她是为了我好，希望以此断了我的劫难。然

而哥，你并不是劫难，而是我的传奇。这些都不想告诉你，因为你的内心，是为了文字而生的，不该装下这些黑暗的块垒的对吧？你会在属于自己的藤蔓缠绕的城堡里做一个不可一世的王子，聚散离合，安之若素。

时间停留在夏天过去一半的时候，许多繁复的细节被时光反复淘洗，最后只剩下纯粹的内核。剥开层层叠叠的外壳，青禾触摸到了传奇背后柔韧的质感。他敲击键盘，写下一个故事。故事的名字，就叫《半夏》。

林培源，男，1987年12月生于汕头澄海，射手座男生。2007年考入深圳大学文学院，完成个人首部长篇小说《暖歌》。拥有灿烂笑容和斑驳灵魂。敏感、脆弱。崇尚质朴干净有力量的文字。喜欢的作家有苏童、余华、史铁生、福克纳、苏珊·桑塔格、麦卡斯勒等。（第九届新概念作文大赛一等奖，第十届新概念作文大赛一等奖）

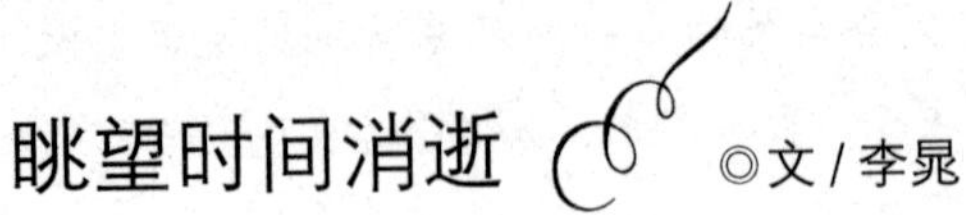

眺望时间消逝

◎文 / 李晁

这一刻，阳光投射到福利院那排简陋的平房上，一只白色大猫蹲伏在石棉瓦塌陷的边缘，尾巴随着一阵若有若无的秋风摇摆。

北的目光投在楼下的鱼池，鱼池里游弋着几十尾鲜红的鲤鱼，当然，站在北的位置是无法数清那些鲤鱼的，只能凭感觉去猜。鱼池的大小和一辆卡车的车厢相当，但里面的陈设看不大清，只有满池的水草随着涟漪波动。

北的目光很散乱，他还看见另一些事物，比如一条挂在铁门上的横幅，那是一条节日性的横幅，从横幅上你才能得知这座院子的真实身份。几个看上去身体残疾的人士在院子里散步，其中一个向另一个打着手势，也许他们在用手语聊今天的天气或者中午的伙食。一个左手不停颤抖的老人正蹲在地上，他什么也没有干，就像此刻的北。北的目光是随着几片落叶转移到院内那几棵银杏树上的，这个时节的银杏最漂亮，绚烂的叶子在天空下光彩夺目。

远处是一片邈远的山，鳞次栉比的建筑像无数累赘一样紧紧依靠着。白色的楼群吞噬着山中的绿色，很多岩石裸露了出来。这景象使得北想到了一个词，贪婪。

山顶的高压铁塔若隐若现，偶尔反射出一片银光，一座大水塔在建筑中鹤立鸡群。北很想抽身离开这里，坐到桌前画一幅内心期待已久的风景，或者就画着眼前向他铺展开来的世界。

北没有移动，他最终没能听从内心的召唤，仍然站在这里，目光在远山和福利院之间游移。

眺望，是北每日的例行公事。

这个窗户的位置在房间的左侧，靠近主卧室的地方，与之相连的不是一扇门而是一道帘子，蓝白相间的格子，酷似一张棋盘。

北站的位置正好在帘子的左侧，而他的左侧则是两个双开门的衣柜，木头夸张的纹理看上去像阳光直射后眼睑上的光晕。窗户在帘子与衣柜的中间，玻璃采用的是一种淡紫的颜色，如今这个颜色的玻璃已经不常见了。电线沿墙壁的缝隙像两条纠缠不清的蛇一样在房间里漫游，已经发黄的墙上遗留着几张很多年前足球明星的身影，他们犀利的眼神使你觉得时光飞逝。

北把目光从窗外收回来，但他没有急于把窗户关上，只是转身坐在了书桌前。一杯水正汩汩地流进他的喉咙，这时北才发现那封没有署名的信仍搁在桌子上，他并不急于打开，依然握着那杯水，不急不慢地喝着。

阳光从福利院里撤离时，北的目光往远处的山奔去，以期望见到最后一丝阳光，他如愿以偿。山顶的铁塔仍然反射出一片闪烁的光芒，虽然有逐渐衰败之势，但瞬间地努力却使北感到安慰。

桌上的信被拆开了一半，北终于拿起了它，轻轻打开。北瞧了一眼信的结尾，没有署名，北想不起有谁会给他写信，要知道他已经很多年没有收到信件了，而这封信还是由北京寄出再到达东部一座城市之后转寄过来的。北读了信的开头。

亲爱的北：

我躺着，在一片清晨的熹微中，光线伪装成一种淡蓝的颜色悄然飘进我的房间，我睁开眼睛，听见眼皮发出眨巴的声响，这是一天以来我听到的最初的声音。

我迅速坐了起来，任蓬松有力的头发垂在我的脸颊，我埋着头，就像从前的你一样，那时的你，多么颓丧啊。你说，日子就这么完蛋了。我总是取笑你这句话，认为它是不着边际、摸棱两可的。现在我才明白，当初你说这话时，是那么真诚而又洞察一切。

北，我现在在那个你一直向往的城市里，在这座无边无际，充满了好听语言的城市游走，我的语言也随之改变。以前你总是说，我会去的，我一定会去的。可之后，你却去了另一座无边无际的城市，而那个城市的语言是你所无法掌握的。我想象你夹杂在一片陌生的人群中间，听着你并不明白的话语，踽踽独行。

北，我多么怀念我们在西南的那些时光，在大山里度过的那些岁月，那时候，我们跟随着父母，就是那些水电建设者们在大山里安顿下来，进山的公路蜿蜒盘旋，两旁的青山在氤氲的雾霭中露出雄峙的岩石来。你和我坐在一辆越野车里，通过半开的车窗，眺望山崖上的猴群，你兴奋地对我说，看，那些猴子。

那时的你还是一个小男孩，你穿着一件胸前有一只熊的毛衣，指着远处的山崖告诉我。而我则迅速挤到你的身旁，顺着你手指的方向，眺向远方。果然是一群猴子，那些机灵的家伙在崖石上攀越，树枝摇晃间，我们的车子已经开到了山谷里。

于是，我们就安定了下来。

读到这里，北深感疑惑，来自儿时的记忆迅速把他包围，大山？电站？没错，北是水电建设者的后代，他的童年时光是跟随着父母在大山间度过的，可是那个女孩是谁呢？

我们居住的房子由木板及石棉瓦搭建而成，阳光照耀的时候,会发出微微刺眼的光芒。营地有许多这样的房子，儿时我们就围绕着这些房子捉迷藏，在营地的西边有一座大仓库，里面堆满了各种物资，我记得你曾缩着身子躲在里面,没有人找到你,结果你就睡着了。当夜幕降临，你母亲来找你的时候，我才幡然醒悟。当我们扒开众多电线把你抱起来时，你的嘴角还微微翘起一个角度，仿佛一位被遗落的王子。那时的你多么骄傲啊！

北不记得这件事了，不是因为年代久远，而是这样的事实在是太多了，数不胜数，如果让北的母亲来说，能说上好几天呢。

北开始在脑海里想象这位幼时的玩伴，可一点头绪也没有，只好继续读信。

开山炮响时，我们躲在一辆看上去坚固无比的挖掘机下，大人们不让我们出来，生怕石块会落在我们身上。那时，你摸着那些露出金属光泽的履带告诉我，你以后要做一个坦克兵。于是你的嘴角模拟出一种机器开动的声音。很多年后，当我在军营里军训时，听见的坦克的声音就是你嘴里发出的那种声响。

这件事比较具体，北仿佛有点印象了，工地上放炮是常有的事，一开始是警报大鸣，三声警报过后，处在爆破危及圈的人会找地方躲避，北记得有好几次是坐父亲的车远离爆破地的，却记不起有一次曾躲在挖掘机之下。

北，我知道你还在那座城市里，可我却失去了你的消息，我只能写下一些过去的回忆，那些属于我们共同的回忆。儿时的你，脸蛋总是红彤彤的，下班的人群走过你的身旁，总忍不住要捏一捏你那张可爱的脸蛋，那些上班还涂脂抹粉的阿姨对你说，北，跟阿姨回家吧，做阿姨的儿子算了。

你总是摇摇头说，不行。你那一脸严肃的样子总引得大家开怀大笑。

那时，你的身后总跟着一群女孩子，我只是其中一个，我们争先恐后地追随你出没于树林及汹涌的江边，你像一位首领那样发号施令，而我们则心无旁骛地执行着那些千奇百怪的命令。

我们在小溪里修建和大人们一样的电站，你用几块石头和一堆黄泥就筑起了那道像模像样的大坝，溪水就这样被蓄了起来，当快要淹过坝顶时，你眼疾手快地把中间那块当做闸门的石棉瓦拉起，于是大坝放水的壮丽景象就出现了，因为你把另一块石棉瓦安放在闸门之下，溪水便成扇形飞扬起来。

类似这样的活动还有很多，儿时的你是如此才华横溢，你可能不会想到在许多年以后，会有一个姑娘，一个喜欢写各种小说的姑娘把你的事迹记在一个笔记本里，那是篇小说，小说有一个简短但诗意的名字——《火童》。

《火童》说的就是你的故事，虽然对身份做了一些处理，但无损于你的那些事迹。

北，你终究无法读到这篇小说，因为，它没有发表，我也不会让它发表，除非有一天，有一天我再次见到了你，我会把那篇尚显稚嫩的小说献给你，也献给那些我们曾经度过的岁月，它曾如此美好。

读到这里北有点激动了，他清晰地记起了那件事情，在小溪里筑大坝是北的拿手好戏了。此刻，北的脑海里出现了几位女孩的形象，如信中所说她们曾经跟随过北，北还记得一些女孩的名字，亦秋、静岚、棉棉……

可写信的姑娘到底是哪一位呢？

北，我刚刚结束了大学生活，我想你也一样吧，你会再回到西南的那些崇山峻岭吗？你看，二十年都过去了，我们的父母仍然呆在山间修建那些永无止境的电站，你说，人们用得了这么多电吗？

我知道这只是一个奢望，你不会再回到大山了，那里不再属于你，当然，也不再属于我了。

我不知道，北想，关于是否回到大山北还没有考虑，但父母仍在那里，每年寒暑假，北总是从东部赶回来和他们相聚一会儿，然后又匆匆离开。

北，我又想起你出生时的情景了，这都是外婆告诉我的，那时，我们两家还是邻居呢。那座大院出生了众多的孩子，我们只是其中之一。

那是上世纪80年代中期的事了，时值秋末，在经过整个夏季暴雨洗礼之后，南门愈加显得捉襟见肘、一贫如洗。街道干瘪瘪地，树叶经过一个夏天地等待，逐渐耐不住寂寞，在一阵风流倜傥的西风来到之后，它们纷纷告别树枝，至此一去不回。

挤满楼道的人以及从街边流窜进来的尘土的味道，让你母亲在机关医院里的生育极不顺利，她的嚎叫之声轻易地穿透单薄的墙体在南门上空回荡，与此同时，你的父亲正在一列塞满人的火车里焦急地望着窗外，他什么也看不见，只有零星的灯火从眼前一闪而过。

当这位归心似箭的青年提着那只肮脏的旅行包迈下火车时，你已经躺在母亲身旁了，你的哭泣已经平息。此刻，你的奶奶正用一双干枯的长满老茧的手触摸你，她是那么小心，生怕自己鱼鳞般坚硬的老茧伤害到你。等你再次醒来，已经是凌晨了，父亲已经取代奶奶的位置，这个年轻的男子坐在床头，头发上还粘有千里之外的灰尘。你见到父亲的第一反应就是嘴角一抽，脸蛋上的肉紧急集合，像一团揉皱的纸，哭泣声随之响起，你用婴儿肆无忌惮地哭泣来欢迎这位茫然无措的青年。

北想，这一段多么像一篇小说的开头啊，也许写这封信时女孩情不自禁地发挥了一段。北出生时的情景被描述得如此生动，连北自己也不得不相信了。

邻居？这个重要信息出现了，北想，大院里有数百个孩子，她们都是我的邻居，这个女孩到底是哪一位呢？

北，你还记得我们在南门度过的学生时光吗？那时候，我们住在一条有着古怪名字的街道上，铁葫芦街。父母的单位就坐落在这里，这是一个大院，外面的人称我们是机关的孩子，老是想尽办法来欺负我们，而你，你是我们大院的头啊，你总和那些在街道上游荡的家伙

打架，有时候，你被打得鼻青脸肿，却一言不发地走过我们身旁，但更多的时候，他们被你打得丢盔弃甲，落荒而逃。

我无法统计你在整个少年生涯中到底打过多少次架，受过多少次伤，但我记得你保护我们这些女生不被大院外的人欺负时是多么勇敢，那时的你多像一位威风凛凛的国王啊。

北读到这里正襟危坐起来，我有这么高大吗？

一张少年不羁的脸出现在北的面前，他看着那个少年，嘴角还残留一丝血，表情依然骄傲，他拍拍裤子上的尘土，转身离去。

女孩又透露了一个信息，同学，我们是同学。北想，和我一块读书的都是单位上的孩子，而女孩又是她们之中哪一位呢？

北，我还记得你那时的样子，许多个夏天，你从河边回来，头发湿漉漉地，一颗颗水滴沿着你的下巴颏儿往下坠，你总是不知疲倦，哪怕游泳耗去了你的体力。你走过我家门前时，会往里面瞟一眼，如果你看见我，就会喊一声，给我来杯水。而那些寒冷的冬天，你也没有闲着，你和大院里的几个孩子跑到郊外去烧野火，有时，你们还从邻居那里顺走一些干货，供你们烧烤之用。

少年时期的你桀骜不驯，总有人来你家告状，你的母亲诚恳地向大家道歉，并喃喃自语，我家北什么时候才能懂事啊？

北，你懂事得如此之快是大家没有想到的，自由自在的初中生涯过去之后，你整个人就变了，你不再轻易出现在大家眼前，街道上也见不到你游荡的身影了，你突然就安静下来。

每次我去你家时，你都在读一些厚厚的书，那些你半懂不懂的书，还有音乐，时而激昂，时而平静，你就在这样的环境中度过了你的高中生涯，那一时期，你是那么忧郁，仿佛世界就要毁灭一般。我记得你趴在桌子上对我说，日子就这么完蛋了。

那时，你忧郁的外表已经引起很多人的注意，那些唧唧喳喳的女生总有事没事地围绕在你身边，可你对他们不屑一顾，于是你得到了一个极其不好的名声，最初围绕你的女孩都纷纷弃你而去，可你仍像一朵被采过粉的花儿，毫无改变、依旧怒放。

你阅读大量的书，听大量的音乐，后来这些书也被我大量阅读着，那些歌也时常被我唱起，可你却去了另一个地方。原以为你会去那座向往已久的城市，所以我在填志愿时填了那座你魂牵梦绕的城，可结果，我被欺骗了，你不仅背叛了我，你也背叛了你曾经的誓言。你去了一个与我这座城完全相反的地方，你去了东边那座靠近大海的城市。大海？你为什么会选择大海呢？

北沉默了，他不敢再想那位女孩，面对她的质问，北毫无辩解之力。

我为什么会去东边？去靠近大海的城市？北也这么问自己。

北，我现在一个人在北方，在城市的西北角给你写信，而此刻，我却不知道你在干什么？我努力想象着，可是没有用，我已经很久没有见到你了。

北，你已经把我遗忘了，就像遗忘一位故人那么容易，那位女孩从你的记忆中消失了。你现在有了新的生活，

身边照例有了许多女人，这些女人她们对你怎么样？

北，有时候我觉得对你知根知底，但更多的时候我对你一无所知，想起你就像面对一张白纸，所以，为了不让你成为我遗忘的下一个人，我有必要写下你，因为，写下了你，就是写下了我，我们的岁月是交融在一起的，彼此见证。

读到这里北泛起一阵心酸，一个女孩对他如此关注，是他没有想到的。那个女孩的形象在北的脑海中正一点点完善，几乎就要浮出水面了，可这时，北却把信扣在了桌子上，长叹一声。

这个时候，突然停电了，狭小的屋内一片漆黑，屋外传来一阵愤怒的斥责声。

北埋首于黑暗中，感觉一股炽热的液体像温泉一样从眼睛里冒了出来，他用手擦了一下，随即拿过眼药水往眼睛里滴去，一滴、两滴……北的眼眶充满了泪水与眼药水的混合体，眼睛被涨得满满地。

然后，突然而至的光线把北弄得惊慌失措，仿佛在人前丢了脸，他把眼泪抹掉，自嘲道，今天的眼药水怎么这么咸？

在泪水仍然充盈眼眶的情况下，北读下了最后一段文字。

亲爱的北，请允许我这么叫你，这封信将到此为此，但我对你的思念不会结束，也许在更合适的时间、更适合的地点，我会继续给你写信，而那时，也许你已经来到我的身旁或者离我更远了，但不管怎样，我仍然会记住你，就像记得过往的我一样。

北忘了自己是怎么睡过去的，第二天醒来眼角留有泪水的痕迹。北打开衣柜，内侧的镜子明白无误地告诉他，昨晚他做了一个凄凉的梦。

清晨的风灌了进来，深秋的寒意使北打了一个哆嗦，但他没有离开窗户。远处的山被一片山岚笼罩着，氤氲的雾气随时变化着形状，渐渐地远山在雾霭作用之下越来越像一张脸，一张女人的脸。

北揣摩着这张似曾相识的脸，一时间不知道这是哪位故人，正在记忆之门缓缓打开时，那张脸却迅速变幻了，此刻呈现在北面前的是一艘白色的宇宙飞船。

于是北想到了时光。一些乱七八糟的词语闪进了北的脑海，光年、飞船、彗星、灾难、爱人。

这些词仿佛一部电影的关键词，北记不得在哪儿看过这么一部科幻爱情电影了。

北曾经想到要给女孩回一封信，问问她到底是谁，或者什么也不问，北只想告诉她，有你这么一个朋友，死而无憾了。可来信既无地址也无姓名，完全是计划好的，对方不愿意北回信，也许她记忆中的北是如此完美，北若去信，则会打破这种美好的感觉。

收到女孩的信之后，许多日子过去了，可北却没有收到下一封信。

北每日乘公交车来往于城市不同场所，他开始为工作奔忙了，可正赶上毕业时节，找工作的学生遍街都是，北被淹没在他们当中。

当无数份简历石沉大海之后，北来到一座大山脚下，他是出来散心的。他沿着盘山公路朝山顶走去，沿途的风光使北的心情大为舒展，他很久没有闻到这么清冽的空气了。一路上有人喂着山中的猕猴，一只小不点儿从北的身边走过，小小的身体在风中微微颤抖，它在寻找着什么，一定是它的母亲，北想。果然，在幼猴寻寻觅觅、左呼右唤下，一只体形硕大的母猴出现在路上，她一下子将幼猴揽入怀中，随后迅速跃上了一棵树。

北就站在树下观察它们，直到它们消失在树林里。

寺庙的黄墙黑瓦是在天光黯淡之后出现的，零星的佛塔沿着道路高低错落，烟雾缭绕的寺庙出现在眼前，钟声响起。进香的游人纷纷在摊点上购买香烛，北混杂在他们中间，蓦然回首，城市在山脚下像一位沉默的老人，静静地卧在那里，北眺望着它，就像很多时候，北站在窗前眺望这里一样。

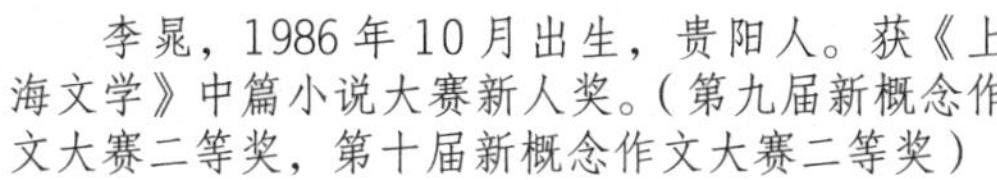

李晁，1986年10月出生，贵阳人。获《上海文学》中篇小说大赛新人奖。（第九届新概念作文大赛二等奖，第十届新概念作文大赛二等奖）

曾经

◎文 / 王少帅

这是一个青春里的故事，故事中男孩和女孩谁也无法把握属于自己的那段惨烈的年华。他们相识然后又分开，离别好像电影一样重复地上演，或许这段时间里的欢笑已经足够让两个人在多年之后去喝一杯夏日的午茶来仔细地回味，可是同样他们的口齿之间也存留了苦涩的味道。

齐非是一个人的名字，这个人无聊的时候喜欢用个假名来欺骗陌生人，但和他很熟的人却从不开这样的玩笑，因为他觉得好朋友是需要彼此尊重的。第一次来这里上学的时候他微笑着告诉一个刚认识的学生说他是这里的老师，当学生很认真地叫老师的时候他在心里偷笑，那一刻他感觉很开心，抬头的时候看到眼前的阳光特别明媚。很多时候齐非总是一个人，或许他已经习惯这样，其实他很想找个真心喜欢自己的女孩子在有着散碎的阳光的路上散步，在灰色的建筑下面说笑，在只有细微光线的黑暗空间里看傻傻的爱情电影。可是两年过去了，他依旧是一个人来往于校园的路上，偶尔驻足，看周围那些与自己没有任何关系的人招摇地走过，然后心里就有一种难以形容的空荡。

初夏的某一天，阳光随着时间的流过渐渐柔和。绿

叶深处有少年的白影子，一步一步地消失。走到食堂的时候齐非看到一个人的杨笑摇晃着从拐角处走来，长发飘逸，遮住了眼睛，脸上依旧是那副毫不在乎的表情。

你一个人？齐非问。

嗯，一会儿我出去喝酒，你去不去？杨笑甩甩头发。

自己去喝酒？

不是，杨笑摆摆手，还有几个外面的哥们。

那，齐非皱了下眉头，他并不习惯和一些陌生人混在一起，那算了。

嗯，那我走了，晚自习我不去了，老师要查的话就说我在厕所。杨笑掏出一颗烟点上后又摇晃着走了。

杨笑是齐非在这个学校里关系比较好的朋友，两个人刚刚认识的时候杨笑喜欢把他当做一个不懂事的小孩子一样讲自己的光荣事迹。比如自己曾经和两个社会青年在家门口对打，这让齐非一度认为他是一个暴力分子，而且这些故事的真实性也很让人怀疑。当时的他只是微笑地点头，心里却有许多的理由来鄙视杨笑的行径。可是后来发生的很多事情却不得不让他承认杨笑是一个很魄力很义气的男生，而且在很多年以后两个人分开之后会不自觉地想起曾经他们在一起的日子，然后突然很感谢他曾经出现自己的世界里。如果没有杨笑，他的生命很可能会走向另一个路口，发生不同的事情，却永远无法预知。

黄昏来临的时候头顶的路灯也开始渐渐地亮起来，芝溪路上偶尔有几个人走过，在暖黄色的灯光中留下一阵零散的低语。齐非低着头一个人走，就像在一个没有尽头的黑色空间，里面空气稀少得让人窒息。他单薄的身影逐渐被从天空里跌下来的夜风吞没，有些事就像夜色里的东西，无法清晰地看见却能感受到那些隐隐的伤。齐非在走过一扇门的时候突然想起许惠颖。他也记不清楚两个人是在什么时候认识的，可是他感觉他们似乎认识了很久。

他们第一次见面应该是在拥挤的公交车上，许惠颖穿了一身淡黄色的上衣，这让原本很清秀的她在人群里更加动人。齐非看着她，感觉这个女孩子有些熟悉，有个模糊的影子一直在脑海里闪现，可是那个影子只是冒出一点，当想看清楚的时候却又在一瞬间消失了。他转头望着窗外的时候不小心看到了女孩胸前的校徽，随即就咧嘴笑了，原来眼前的这个美女是跟自己一个学校的。齐非这个人有一种小虚荣心，总觉得认识漂亮的女孩子对自己也很有面子。于是站在她的旁边想了很久，硬着头皮用胳膊撞撞女孩试图跟她搭讪，哎，你是五中的啊?

许惠颖看了他一眼，只是点点头并没有说话。齐非感觉自己的脸似乎红得厉害，把头扭向窗外，看到那些一闪而过的建筑。而那个时候许惠颖正想着该怎么跟眼前的齐非说话，最后只好咳嗽了一下，那个，我叫许惠颖。当时许惠颖也不知道为什么一开始把自己的名字说出来，记得很久以前她似乎就注意过眼前的这个男生，总是喜欢打扮得酷酷的，偶尔在路上和一起的同伴打闹然后哈哈大笑。就是这样，两个原本陌生的人走进了同一个路口，当他们开始说话的时候两人丝毫不知道以后的路究竟会怎样，或者发生怎样的故事，可是当齐非没头没脑地跟她说话的时候许惠颖突然很羞涩，原本她是一个很开朗的女生，可是就在那一次，她恍然地感觉那不是以前的自己。

记下许惠颖这三个字的时候，齐非看到她清秀的脸上滑下一丝忧郁，就如被风吹乱的发丝一样缠在了脸上。他隐约地看到她明亮的眼睛，像隐藏在山谷里的神秘蓝色湖泊。他骗她说自己是一家饰品店的老板。

是吗?许惠颖笑着看他，心想没想到你小子挺会骗人的，问，卖女孩子喜欢的饰品?

当然啊，齐非转过头去，不敢看她的眼睛。车子刚好走过中国银行，齐非突然想起以前没事的时候自己就跑出学校在这个建筑附近转，然后幻想在不经意间捡个钱包，或者恰好撞上被抢银行的犯人丢在路上几张一百块钱。可是过去很多年了这事也没有发生。那个时候他还没有考到这个学校，偶尔看到在里面行走的学生，忽然就有一种莫名

的冲动。

走过一个路口的时候齐非想起两个人认识之后的第二天就在校园里看到了她，为了避免被当面揭穿，他跑到了学校的文学社。因为他的突然出现，有好多人抬起头来用异样的眼光看他。这个时候拿着书的老头刚刚讲到了古典文学，他隔着厚厚的眼镜看他，那是一张少年的冷漠的脸。沉默几秒钟教室变得混乱起来。

谁呀？几个女孩首先七嘴八舌地说起来。

嗯，大家好啊，我新来的。他狡黠地笑笑，然后坐到了后排，疑问立刻在热闹的空气里翻腾起来。

新来的？众人瞬间大哗。

没等老头反应过来他又站了起来。Sorry，我以为这里是篮球队。接着在众人惊讶的目光里走了出去，走出去的时候听到一个人小声地叫出了他的名字，齐非。齐非有些疑惑地回头看到在后面的一排里有一张熟悉的脸。那个男孩叫晓风。是齐非的同班同学，喜欢文学，曾进在齐非的面前大讲古典文学和当代文学，可惜齐非这个人对文学没有多大兴趣，于是就剩下晓风一个人在那仿佛扯着嗓子唱山歌一样自娱自乐。不过倒是等着晓风讲完之后两个人成了比较不错的朋友。

齐非，他小声地说着，在外面等我一会，我们一起去吃饭。

哦，齐非微笑着朝晓风招手，我在外面等你。外面的天空蓝得很干净，就像被人擦拭过一样。齐非一个人站在阶梯上眯起眼睛寻找许惠颖离开的身影，然后看着她缓缓地消失在人群里面。

后来齐非还是在运动场上被许惠颖抓到了。当时齐非试图想跑掉，可是钻到人群里还是被她看到了。齐非你跑什么呀？许惠颖背着书包问他。听到声音他停了下来，回过头看到许惠颖已经站在了他的身后。许惠颖穿了一件黑色的上衣，瘦瘦的脸显得特别冷艳，肩上的书包带因为拼命地追赶而滑了下来。她得意地笑着看齐非，就像看着自己捕捉的猎物。齐非，她眨着眼睛问，你跑什么？

运动场上的声音一直嘈杂，有点心虚的齐非感觉全身开始变得不自在，就像有个小动物在自己的衣服里面上窜下跳的。没什么，他说，我……我刚好想去追一个朋友。哦，对了。我朋友就在这里上学，我……我忘记了你也在这个学校是吧？齐非的心仿佛被抽空一样站在原地，他感觉自己的背上流汗了，或许是刚才运动得太激烈了。此时的他不知道该说什么。眼睛偷偷地看了一眼许惠颖，好看的笑容立即映在了自己的瞳孔里面。他有点不知所措，为什么最近这么倒霉，他埋怨自己。

你叫齐非是吗。许惠颖表情变得调皮起来。

齐非睁大眼睛说不出话来。那次在车上你给了我一个假名，许惠颖继续说，你可真会骗人的，还专骗女孩子。

齐非突然感觉自己脸红得厉害，而许惠颖看着他的样子却开心地笑起来。这个时候几个同学从篮球场走过来，笑嘻嘻地谈论刚才的精彩的比赛，走在前面的几个人一眼就看到站在许惠颖旁边的齐非，于是有些调皮地吹了响亮的口哨，然后朝他大喊，齐非，你不是回教室了么?

齐非有些不知所措地抬起头，眼前的同学正在微笑着看他，脸上是有些坏坏的笑容，仿佛是发现了齐非的秘密一样对着他得意地微笑。有一个女孩多嘴地问，呦，齐非，这是你女朋友啊？这句话像是一根针一样扎在了两个人的心上。他们同时抬起头来看着对方，可是谁也没有解释。

最后杨笑微微地笑了一下，然后拍拍齐非的肩膀说，那我们先走了，改天请客。

不是，齐非有些心急地争辩，可是同学们却都大笑着走开了。有几个人还故意咳嗽了一下。齐非回过头却看到许惠颖微笑的脸，笑容让他仿佛站在冬天里的阳光下一样暖和。

晚上的时候他依旧不明白今天在一群同学面前被误会的时候许惠颖为什么不把事情解释清楚，难道她喜欢上我了？这个问题突然从脑子里冒出来，连齐非也吓了一跳，因为这样的结果对他自己来说也是不可思议的。从开始齐非就从没得到过漂亮女孩子的垂青。想到这里，他的心情无比激动，差点打窗户向世人宣布，老子也有今天。这个时候脑子被一阵急促的敲门声震醒，齐非打开门看到妈妈笑眯眯地站在门口说，乖儿子吃饭了。

兴趣索然的齐非歪了一下嘴角，知道了，然后想把门重新关上。

怎么了你？今天不舒服？看到儿子有些不对，妈妈忙不迭地问道。

没什么，我一会儿就去。关上门之后齐非试图沿着记忆重新寻找天堂，可惜天堂的路被妈妈一阵杂乱的敲门给吓得没了踪影。齐非看看书桌上摆放的两个泥塑，心想还是不要胡思乱想了。她又怎么会喜欢我呢？

第二天齐非并没有在车上看到许惠颖，这让站在高大的树阴下的他有些落寞。举目四望，看到的仅仅是来回的人群，后面的天空有些阴暗，似乎要下雨了。齐非垂头丧气地走回教室，刚刚坐下杨笑就走过来问，齐非，又约会去了？接着旁边的闵晶也凑过来微笑着看他。

约你个屁啊。齐非看着两个人有点诡异的笑容，心里有些烦，一个人刚刚开始有了自己喜欢的女孩，是不喜欢被别人提起的，特别是刚刚开始接触的时候。何况现在还只是齐非的一厢情愿，他不想让人知道自己是喜欢许惠颖的，可是内心的深处却又渴望他们知道，然后让许惠颖知道，最后两人一起快乐地牵手走在校园的林荫路上。只是上面所有的一切都是齐非的个人幻想。但齐非这个人有时候很孤傲，他从来不会主动地追求女孩子，杨笑不止一次地教育他要找女孩子男生是要主动的。可是高中快一年了他还是一个人，每天都和杨笑混在一起。看着周围的同学开始成双入对的时候，齐非有些自欺欺人地对杨笑说，我是陪你单身唉。这个时候杨笑只是笑笑，因为他有自己喜欢的女孩子。

嘿嘿，好好把握啊。杨笑拍拍他肩膀回到座位，而闵晶则依旧笑着看他，似乎在等待答案。

看我干吗？齐非心虚的瞪了她一眼。

哎，那是不是你女朋友啊？闵晶刨根问底。

当然不是，齐非摇摇头，随即又点点头，我们关系很微妙的。

说完看了闵晶一眼生怕她会拿出一些话来反驳他，得了吧你，我还不知道你们。幸运的是闵晶对于许惠颖是一无所知的，点点头随即又问，你们是什么时候认识的，我怎么不知道啊？

很多年前就认识了。齐非夸张地说，其实我是很喜欢她的。接着随手故作镇定地翻了几页书，抬头看到老师走进来就像遇到救星一样对闵晶说，好了，上课了。

闵晶是齐非的同桌，不是很漂亮但是可爱。喜欢打听一些别人的私事，当做自己炫耀的资本。平时对齐非很好，有时候会把从家里带来的零食分给齐非一半，这常常让旁边的同学羡慕不已。于是曾经有一段时间班里传出闵晶喜欢齐非的说法。可是齐非却是不喜欢闵晶的，甚至一点感觉都没有。感觉这个东西是很微妙的，开始的时候齐非还为自己有个喜欢的人激动了很多天。谁知道几天后闵晶拜托他打听一个体育生的时候齐非才知道自己错了，而且错得离谱，闵晶只是把他当做了她爱情事业上的一个棋子，这让他对身边的人大失所望。感觉一个人生来就是要被人利用的，于是埋怨世上无人理解自己，感慨现在像自己这样的人已经没有了。但齐非并不是一个记仇的人，一直以来他都把闵晶当成自己的好朋友。几天后，随着闵晶对那个男生的感觉渐渐冷淡，这件事情也不了了之。

闵晶不是齐非想象中的傻子，很快她就发现齐非所说的女孩不过是一个普通朋友而已。每当看到在课上发呆的齐非时她就故意叹气，然后继续吃她的零食。大约三个月后闵晶突然发现杨笑开始一个人走进教室，这意味着另一个人也就是他的同桌齐非出了某些问题，很快她看到齐非每次去超市的时候旁边多了一个女孩。有时候男女同桌的感情也是很微妙的，看到他们的时候闵晶感觉自己的心里有些小伤感，因为以后齐非不能被她一个人支使了。从此也没有一个人在她无聊的时候说笑话了。

闵晶到教室的时候看到一个人的杨笑正在整理桌上的课本，问怎么就你自己，齐非呢?

我怎么知道，陪女孩去了吧。

哦。闵晶在没有人说话、看不到齐非的时候心里感觉有些落寞。杨笑整理完后看着面无表情的她问，你怎么了?

没什么啊。只是有些不习惯。

什么不习惯? 杨笑莫名其妙地看她。

没什么。闵晶苦笑了一下。

杨笑去学校外面的饭馆的时候齐非和许惠颖正坐在学校的树林里聊天。其实两个人也没有多少话说，随便聊了几句就沉默着想心事。这个时候杨笑正好过来，看到两个人后热情地招呼，哎，干吗呢? 看到杨笑走来齐非一阵心慌，他并不想在这个时候遇见他，但还是勉强地笑了笑。这个笑容难堪得让人怀疑现在的他正在受人虐待。

怎么跑这里来了? 杨笑看着齐非嘿嘿地笑，笑得他浑身不自在。

无聊。你干吗去阿?

吃饭啊，还没吃呢? 走了阿。

看着杨笑离开，齐非不好意思地对许惠颖笑笑，我好朋友，杨笑。

两个人到教室的时候里面空无一人，这个时候的同学应该都在吃晚饭。学校的晚饭时间设在下午四点，正好把学生的课余时间给顶掉了。这时间设得不是时候，说午饭不是午饭晚饭不是晚饭，害得齐非回家后还要夜宵。许惠颖坐到齐非的位子上一边翻着课桌一边诧异,哎,你有这么多的课外书啊?

嗯，怎么? 不行啊? 齐非转身去写这个学期的计划表。

我只是有点意外好吧? 借我一本行不行?

不行，少儿不宜。

你去死。许惠颖从里面抽出一本《三重门》，我看这本了。

不让你看。齐非头也不抬的说。

你说什么？许惠颖抄起一本书朝他的头砸去，接着就听到齐非求饶的声音，轻点轻点，哎呀，姐姐，我服你了，书你随便看。接着许惠颖就开心地笑了，其实她也不怎么喜欢看书，同大多数的女孩子一样过着百无聊赖的生活。偶尔逛街买衣服，看到漂亮的小饰品就喜欢得要命。晚上回家也要忍受妈妈毫无理由的唠叨，从不考虑明天会是什么样子。她不知道自己随意抽出的那本在齐非的心里很重要，也不知道《三重门》是什么意思，她只知道作者是韩寒，无数少年的偶像。

谢谢你，谢谢你的书。许惠颖把书抱在怀里。

你什么时候变得这么客气了，齐非疑惑地抬头，然后就看到了她像春风一样温柔的笑容。

这好像是很久之前的事情了，有多久齐非自己也忘记了。当齐非走在人群里低头回忆的时候许惠颖正趴在桌上用笔胡乱地写字。教室里空荡得剩下她一个人，很容易就想起在很久之前的一个下午，许惠颖看着摆在桌上的试卷有些想哭。你怎么回事？这么容易的题都错！老师貌似绝望地叹了口气。你太不该了。

你太不该了。她听到这个声音的时候突然感觉全班几十双眼睛都在盯着她看，这让许惠颖很没面子，她开始有些讨厌这个老师了。放学之后当教室里就剩下她一个人的时候他莫名地哭了，这个时候齐非手插在裤子口袋里走进教室，看到趴在桌上的许惠颖开玩笑地叫，丫头，放学了，别睡了。见她没有反应又敲敲她的头，起床了。许惠颖抬起头的时候他看到一张满是泪痕的脸，齐非惊讶地一呆，随即问道，你，你怎么了？

许惠颖摇了摇头。当齐非看到她哭的时候心里突然很不好受，可是他不知道该怎么去安慰哭得像个泪人的许惠颖。没事没事，齐非站

在那里重复着那句话，然后就不知道该怎么说了。最后还是许惠颖慢慢地擦擦脸对他笑了一下，接着拿起被自己扔到一边的试卷说今天被老师骂了啊。

不是吧你？齐非看见许惠颖的笑容全身放松很多，他这个人最怕的就是女孩子哭。不就是一次考试吗？那个，大小姐，要不要我去帮你报仇？

你，你去死啦。

齐非靠在旁边的桌上有些憨地笑了一下，然后转过身子在后面写了一张字条递给了她。

许惠颖看了看，上面写：丫头，好好加油啊！

于是就笑了，她把纸条夹在书里，然后转过头看着外面，繁盛的树叶遮住了大半个天空。

许惠颖回过神又去看纸上的字，不由得吓了一跳，上面不知不觉已被自己写满了齐非的名字。

夏天的时候齐非透过窗户看外面喧闹的校园，三五成群的男生女生从高大的树阴下穿梭而过。他突然感觉原来自己已经在这个校园里生活了两年了。二十四个月的时间转眼就消失得毫无踪影，于是这里瞬间就会物是人非。

你想什么呢？是想美女呢，还是看到美女了？我告诉你现在是夏天你不要随便东张西望，这样容易让人误会，虽然现在的你站在楼上，不要以为别人看不见你。靠着窗台的许惠颖笑了，很多时候他们都是这样一边玩笑一边说话。

没看什么美女啊，虽然我前面有一个美女。齐非转过头看着许惠颖的眼睛也嘿嘿地笑了。

嗯，那当然，不过没事我先走了啊。你记得一会儿把剩下的那个面包吃了，还有背诵上午你们老师的布置的英语单词，完了之后要把没有看完的小说看完。

好了，你废话这么多。干吗回去这么早啊？齐非有些意犹未尽地问。

恩，我还有点事情，你回去好好复习。

齐非点点头看到许惠颖的身影消失在楼道的拐角处，前面是几个隔壁班的女生聚在一起小声地谈论着。齐非听不到她们的任何声音，他们在说什么呢，齐非忽然很想知道它们的言语，是不是在谈论某个人呢？

生活依旧继续着。每天下午的齐非悠然自得地回家，在小巷里看到或忙碌或清闲的人们。齐非笑着和他们打招呼，所有一切都是这样顺利地进行着。到家后的齐非偶尔会听到妈妈重复的唠叨。似乎即将面临高考的孩子都会遭遇这样的痛苦，其实这也是一种幸福，只是他们体味不到。每天晚上齐非最大的乐趣就是躺在床上回忆这一天里他和许惠颖说过的话和做过的事。有时候当同学们看到他们两个一起就会大声地起哄，齐非转过头去看教室里的同学，他们脸上是奇怪的笑容，每当这个时候他就有点不知所措。

时间是个很残忍的词语，这个概念在齐非刚进高三那年变成无力的感慨。当他和杨笑一起走过学校前面的那条街的时候发现一下子改变了很多，原来对面那个文具店现在变成了一家面馆。两年前他刚刚来到这个学校的时候还曾经从里面买过笔记本，他记得那个老板的女儿很可爱。现在的那个地方坐满了人，大多数是这个学校的学生。走过去的时候他拍拍杨笑的肩膀说似乎都变了，杨笑转过头看他的时候他呆了一下，随后笑了，我什么时候变得这么忧伤了。换作几年前的齐非，他从来不想这些，尽管他的玩伴换了一个又一个他也不会在乎更不会发神经般地感慨，可是现在他的心里突然有些疼。就这样，齐非慢慢地在岁月的洪流中长大了。

这天是星期六，下午没课。许惠颖有些无聊地翻着成堆的书，这个时候的孩子都一样，懒得学习，看到《三重门》的时候想齐非在做什么，于是抱起那本书一边向齐非的教室走一边打电话。

齐非和几个同学刚好商量去打篮球。听到电话响，懒懒地接起来，喂。

下午有时间吗？陪我去逛街怎么样？那边的声音异常温柔。

啊？齐非在心里嘀咕，怎么偏偏这个时候逛街。刚商量好许惠颖就来电话。本来他是很乐意陪许惠颖的，可是又怕杨笑他们嘲笑。只好拒绝道，我有点事。那个，大小姐，你怎么没事就逛街啊。这个时候杨笑从外面大声地叫，齐非，快点，都等你呢！

哦，齐非应了一声，听到那边有些不甘，女生本来就喜欢逛街嘛！

这么麻烦……他小声的说。

你才麻烦呢，快点，我在教室等你啊！

哎，丫头，那个……刚才杨笑叫我去打篮球，所以……

啊……哦。那还是算了。你总是那么忙。许惠颖抱怨了一句。

齐非的脸上露出笑容，当许惠颖抱怨的时候就表示他已经可以不去拿大包小包的东西了，于是急忙赔笑，下次吧？行吗？下次我肯定陪你去。他一直想不明白为什么女生那么喜欢拉男生去逛街，难道仅仅是免费雇佣工吗？

放下电话的许惠颖朝齐非教室的方向望了一眼，把本来想还给齐非的《三重门》重新抱在胸前走了。

那一年的秋天，天气变得萧索，黄绿色的树叶和后面的蓝色天空组成一幅好看的画面，大片的阳光穿过树叶照在教室里的课桌上，把笔记本割成不规则的形状。路上已经找不到白衬衣的影子，齐非和许惠颖一起坐在校园里面，身边是茫然消失的时光。星期五放学后齐非和几个朋友一起去聚餐。学校旁边的那个小酒吧是齐非和朋友们最喜欢去的地方，大多数的时间他们会坐在里面一边聊天一边喝酒，不知不觉这已经变成了习惯。他们在酒吧的门口遇见了一个人的许惠颖。

齐非？许惠颖开心地和他打着招呼，她没有想到会在这里遇到他。

许惠颖，你怎么在这里啊。齐非有些莫名地问。

嘿，杨笑也上来跟她打招呼。

我为什么不能来啊？她的表情有些调皮。

喂，齐非，你女朋友也来了啊 。闵晶笑着突然对齐非说。

女朋友？许惠颖有些疑惑有些不好意思。

不是啊，那个，不，齐非有些惊慌，他不知道当别人都这样认为的时候许惠颖会是一个怎样的心情，或许她只是把自己当做一个朋友而已，于是小声辩解道，她不是我女朋友。

她不是我女朋友，许惠颖不是我的女朋友。许惠颖听到这句话心里有些呆。

哦。几个朋友恍然地点头。闵晶有些热情地向许惠颖发出邀请，一块去玩会吧？

啊？这……她突然有些不知所措。

一起玩吧，杨笑向她挥挥手，大家都是朋友。

许惠颖抬起头看到齐非闪烁的眼睛，点了点头。

开始彼此不认识都有些顾忌，只是各自沉默地喝着啤酒。

我自我介绍一下，我叫许惠颖。许惠颖突然拿着酒杯站起来对大家说，是齐非的好朋友。看到许惠颖的笑容，闵晶开始和她聊了起来，于是一阵阵笑声就像海浪一样来回卷着。旁边的齐非正举着酒杯和杨笑几个男生一起聊天，不时地发出哈哈大笑的声音，可是端着酒杯的许惠颖神情有些落寞，渐渐地不再说话。

说笑的声音一下子把她淹没了。

本来在面前说笑的闵晶突然沉默了，她看了一眼无知无觉的齐非无奈地摇了摇头。

嘿，我叫晓风，我们很早之前就见过的。晓风突然坐过来跟她说话，然后把一杯可乐放到面前，女孩子少喝酒啊。

许惠颖微笑着点了点头，没有说话。

那个，还记得我们第一次见面吗？很早了阿。

哦，许惠颖小声地应着，其实她早已经忘记在哪里见过这样一个男生，却不知不觉地想起第一次见到齐非时的情形，他有些小心翼翼地跟自己搭讪，哎，你五中的啊？表情傻得可爱。

外面的整个天空开始变得苍白，不说话的浮云悄然躲了起来，夜已经来了。

几个朋友分开的时候齐非看着有点醉意的许惠颖执意要送她回家。可是许惠颖还是甩开了他的手有点气愤地说我没事，我自己能回去。于是齐非只好看着许惠颖晃着身体消失在昏黄的灯光里面。他有点担心许惠颖是不是能够安全地回去，可是这种担心是没有用的。很快酒吧门前的路上就剩下了齐非孤独的身影。

走过一个路口的时候街上已经变得极为空荡，黑夜的冷清让他的心里彻底地抽了一下。抬起头看到黑暗的天空仿佛是一个张牙舞爪的魔鬼，暗色的眼睛恶狠狠地盯着在街上行走的人。路上走过一辆车，灯光有点刺眼，眼前一阵眩晕后齐非看到一个恍惚的人影，从背后看应该是一个女孩。恍惚间仿佛看到了许惠颖,他走过去试图看清她的脸。女孩在哭泣，声音很小却还是被齐非听到了。

喂，丫头。哭什么呀。齐非拍拍许惠颖的肩膀问道。

女孩转过头来看看了他好久，眼睛闪亮，就像天空里的星星一样。你谁呀，有病呀。女孩丢下一句话走开了。

看着女孩离开齐非却突然感觉不知所措。原来那个女孩子只是有着许惠颖的背影而已。过了好久他才慢慢地朝着女孩的背影骂了一句,靠。

许惠颖独自回家的时候遇上了晓风，开始她还以为那是齐非，可是当那个男孩小心地叫他名字的时候就知道那不是他。晓风对她笑笑，我送你回家吧?

不用了，许惠颖苦笑着摇头，心想为什么来的不是齐非呢?

你一个人不安全的，再说我送你也是顺路。

为什么对自己这么好的是个初识的人？许惠颖叹了口气，一滴泪从那张清秀的脸上掉了下来。

这些年学校食堂的师傅不把学生当人看，做的菜难吃得像是猪食，高一的时候刚来不知道内情，去了几次后开始向外面跑。渐渐的在食堂吃饭的人所剩无几。食堂见没钱可赚，把问题反映给学校，于是学校下了禁止外出的命令，直接限制了学生的人身自由。但名义上说得好听，为了学生的身体健康着想。这让齐非愤愤不平，他的午饭一向在外面吃，如今转移地方，有些不适应，而且食堂的菜也没见起色。于是一边吃一把骂学校。晓风在学校吃惯了毫无感觉，只好随着他嘿嘿傻笑。完了之后三人低头吃饭，晓风抬起头来问齐非，许惠颖这个人怎么样？

许惠颖啊。齐非喝了一口可乐笑了起来。她很好啊，说完用胳膊撞撞杨笑，是吧？

当然，她是个好女孩。杨笑看着齐非笑了。

哦，嘿嘿，我挺喜欢他。齐非你能帮我追她吗？

什么？齐杨两个人突然呆住，接着同时问你喜欢她？

嗯。晓风不知道齐非对许惠颖有意思，天真地回答，心里还乐滋滋地想有齐非的帮助这件事情就成了一半。

你不能喜欢她！杨笑突然跳起来大叫。

为什么，晓风看着杨笑不解地问。

不为什么，难道你看不出齐非和她是一起的吗？

可是那天一起吃饭的时候齐非说她不是他的女朋友啊。

少废话，杨笑有些气恼地说，不行就是不行。

要你管！晓风也有些生气，暗骂齐杨两人小气，做了近两年的朋友，关键时候不帮忙，随后站起来在周围人异样的眼光中离开了。

混蛋，杨笑朝着晓风的背影骂了一句，但他回过头看一言不发的齐非的时候忽然感觉他的表情很落寞。齐非，他很想说话可是最终只是摇了摇头。食堂随即又喧闹起来，端着盘子的人不时地从他们旁边走了过去。

齐非不知道他是不是爱上了许惠颖，可当晓风跟他说那些的时候他突然很难受。有时候看不到许惠颖他也很想她。回教室的时候一直想，到教室了还不停地嘀咕，是不是脑子里挂念的就是自己喜欢的女孩，是不是呢？

是什么啊，旁边的闵晶有点疑惑地笑着看他。

没，没什么。齐非瞬间变得紧张起来，就仿佛被人窥到了秘密一样。

怎么？在想你的许惠颖啊？闵晶用很鄙视的目光看着齐非。

齐非没有说话。他突然又回到那辆拥挤的公交车上，穿着淡黄色的影子安静地望着窗外。那个记忆似乎已经在不知不觉中永远地印在他的心里。

其实，许惠颖也是喜欢你的，闵晶默默地说。

你说什么？齐非惊讶地问道。

许惠颖对你的感觉挺好的，这要看你怎么把握啊，爱情是靠自己争取的。

齐非抬起头来，眼睛明亮地看着闵晶。这个时候杨笑突然凑上来说，闵晶，你的同桌正在处于情感低迷期。你最好帮帮他。

怎么了？闵晶把眼前的头发拢到耳后。

算了，没什么。齐非摆摆手。

齐非，杨笑看着他没有说话，翻书的时候看见齐非呆得似乎要傻掉。

如果说所谓的爱情其实是靠争取的，那么在这个方面齐非显然比不过晓风。第二天晓风就跑到三班的教室递给许惠颖一封情书，那封情书写得像是高考的满分作文，晓风运用各种名句来证明自己对许惠颖的爱。说什么你是我黑暗中的灯塔，让我不懈地追逐。你的笑容是舞蹈在风中的花朵，让我为你痴迷。可是许惠颖并没有被那些精彩的比喻给冲昏头脑，每天看见他依旧像朋友一样微微一笑。既没有说喜欢晓风也没有说不喜欢，弄得晓风整天在等那封回信——他坚信凭那封情书的文采，任何女孩见了都会有所感动，就算没有感动也会有感触。

其实许惠颖并没有看完那封情书，当她看到那有些陌生的字体的时候心里有些不知所措。从初二那年开始她收过到很多情书，起初的时候她总是微笑着把那些寄托着感情的信纸扔到一边，或者拿给坐在旁边的女孩看，然后笑着说那些话好恶心哦。不知道从什么时候开始她喜欢一个人写的字。那些字体并不是很好看，可是她很喜欢。当她看到那些陌生的字体熟悉的话语的时候忽然很失望，接着趴在桌上哭了。

晚上许惠颖躺在床上并没有很快入睡，她拿起齐非曾经写给她的字条，是丑陋而幼稚的字体。那个时候齐非有些酷地靠在她旁边的课桌上，教室里面只有他们两个人，齐非突然转过身然后递过来一张字条说，丫头，好好加油阿。许惠颖抬起头，看到齐非那张似笑非笑的脸。

星期一的早上，齐非和许惠颖一起走下公交车。两个人在车上并没有说话，下车后一前一后地走，有几个背着书包的学生打闹着从他们旁边跑过，后面的天空露出一抹红色的阳光。这条路他们似乎已经走了近两年，很多时候他们都是同其他人一样开心地走过去，可是今天却忽然变得很沉闷。

那个，许惠颖突然转身对后面的齐非说，快会考了啊，你准备得怎么样了?

还，还可以啊。齐非有些惊慌。

哦，那以后我，我要好好复习了，你也好好复习吧。不能每天都陪你了。

其实他们两个人也并不是天天在一起，可是当齐非看到许惠颖的背影消失在拐角处的时候呆了一下，胸口突然很堵。这几天齐非被各种考试折磨得死去活来，现在终于知道以前见到高三的学长们为什么总是一副颓废的样子。上次考试成绩并不很好，成绩单拿回家被妈妈狠狠地教育一顿，并没有多少文化的妈妈却联系古今中外把整个高考的厉害关系给齐非分析一遍，齐非惊讶得说不出话来。

一月，这个学期快要结束的时候齐非在路上遇到许惠颖，当时的他正和杨笑一起谈论昨天晚上看过的电影，许惠颖独自抱着一摞书从对面走过来。哎，杨笑拍拍他的肩膀，向着许惠颖点了点头。

齐非向他笑笑，但却没有动，因为他不知道该怎么跟许惠颖说话。这个时候有一个男生从后面奔过去叫许惠颖的名字，然后从她的怀里夺过那一摞厚重的书。

那是晓风。齐非看着他们嘴角动了一下，眼睛突然有些湿润。走过去的时候他看到许惠颖似乎对他笑了，笑容依旧像以前一样好看。

杨笑拍了拍沉默的齐非。天空很干净，风吹来的时候齐非感到寒冷钻进了他的衣服。

或许在很多年之后齐非会多次想起这个情景，可最后还是无奈地一笑，那时的青涩已经在现在无比成熟的脸上不见了踪影。现在的他每天西装革履和周围的人小心地周旋，偶尔和周围的女孩子开玩笑，然后肆无忌惮地说我今天在路上看到一个美女哦，接着就会有人笑着接下去，齐非你肯定是不顾一切地跑过去问人家电话号码了啦。而他会假装吃惊地问你怎么知道的？然后大家一起哈哈大笑。齐非夹在他们中间笑得有些苦涩，他们谁都不知道年轻的他是什么样子。不知道从什么时候开始教室外面有了晓风和许惠颖站在一起的身影。看到齐非许惠颖依旧会对他笑笑，然后热情地打着招呼，只是齐非再也没有心思和他们一起谈笑，这个时候他总是心痛得厉害，记忆仿佛是外面从孤零的树枝上飘下的黄叶，慢慢地被冬天的土掩盖。因为他们都已经变成了过去。

很长一段时间齐非并没有看到许惠颖。这些日子齐非又像以前一样一个人穿过吵闹的校园，偶尔会停下脚步仰望苍白的天空，身影重新变得落寞与孤独。

冬天到来的时候许惠颖像落叶一样飘向了远方。她如同一个神秘的天使走过而又离开那扇被称作缘分的门。在这扇门关上的时候时间为他们各自打开了另一扇，没有人知道他们会不会再次相遇，或者向着相反的方向走去。齐非记得那是一个干燥的冬日，上午他还为体育课上的优秀表现而沾沾自喜，而下午的时候命运就像凝固了一样冰冻了他所有认为开心的事情。

许惠颖，那个曾经给他带来希望和欢笑的女孩，就在这个时候有些无情地从自己的生活里转身离开了。

中午的时候会考成绩下来，齐非站在人群里看着成绩单，心里难受得说不出话来，有两门没有及格，一个月后补考。齐非挤出人群向外面走去，云淡风轻，他仿佛幽魂一样漫无目的地在人群里穿梭，周围是一些考试及格后的人的喜悦。在他刚刚走出校门的时候许惠颖叫住了他。齐非你去哪呀?

他抬起头看了一眼，许惠颖好看的脸又出现在他的瞳孔里面。这让齐非突然变得紧张起来，想说话却又不知道说些什么，最后只好看着她傻笑了一下。

怎么了? 许惠颖笑笑，你要出去吗?

哦……那个……我有事，先出去一下，怎么，你不上课了?

没有啊，我出来买点东西，你会考及格了吗?

没有，齐非低下头，有两门没过。你呢? 不知道为什么在这个女孩子面前他总是有一种卑微感。

当然全过了，许惠颖说，你以后要好好学习了，不能只顾玩，快要高考了。

嗯，我知道了，你也是啊，好好加油。这些话堵在胸口，最后齐非只是说了一个哦字。

许惠颖离开的时候他感觉那身白色的衣服模糊了他的眼睛，其实他很想再看一眼他深爱的女孩，可是时间不允许或者没有什么能够允许这个近乎荒唐的要求。齐非恍惚地感觉她应该还在他的身边，因为在他闭上眼睛的那一瞬间他又闻到了许惠颖身上的香味。可是之后关于女孩许惠颖的记忆就荡然无存。记忆仿佛停留在了一片荒芜的山野，世界是如此的凄凉。路上有很多行人疑惑地看着表情痛苦的齐非，里面包括一些刚想要逃课的孩子。他们就这样看着这个静止在另一个世界里的男生胆怯地跑远，眼角里遗留了一份莫名其妙的疑惑。

你还是离开了。原来从一开始你就是骗我的，原来一直喜欢的是另一个男孩，原来现在的我依旧天真。现在你们终于在一起了。齐非感觉全世界都在欺骗他，他想起闵晶曾经对着那个男生说过的话，现在的我们只能被爱情伤害。真的，我又孤独了。现在好了，我不必抱怨她每次都要我陪她逛街买衣服了。可是为什么我的心里那么的难受呢？齐非抬起头，天空的幕布拉了下来，一天又过去了。旁边的路上微微的灯光亮了起来，现在的许惠颖在做什么呢？是站在教室的门口和晓风谈笑吗？还是一个人安静地坐在教室里做习题呢？

可是关于许惠颖的一切再也和齐非没有关系。

春天来临的时候寒冷渐渐远去，校园的路上又开始有了越来越多来回的学生，他们男生女生混在一起甩掉去年的慵懒。齐非看到窗外的梧桐树上似乎焕发生机，正在抽出绿叶。

有风吹过的时候，外面发出沙沙的响声。

齐非有些冷漠地看着外面，一对情侣打闹着从下面走过，路面干净而苍茫。他忽然想起许惠颖，她在做什么呢？是不是正和晓风一起牵手从下面走过呢？

他已经很久没有见到她了。

许惠颖无精打采地坐在位子上，同桌放下书包举手在她眼前晃晃，今天这么早？

嗯，许惠颖无力地笑笑，随后望了一眼向窗外。

春天的风依旧在吹个不停，可是很多女孩子都把厚厚的衣服收拾起来穿上了漂亮的女服，然后躲在高过头顶的书堆里睡觉。许惠颖的桌上摆着凌乱的书和复习册，有一本书懒散地敞开，同桌有些好奇地拿起来看看，哎，这是什么书呀？在翻开的那一页上她看到有人在上面写了字，许惠颖我喜欢你。

那是许惠颖借了没还的书，名字叫《三重门》。

王少帅，1988年5月生于山东济南，喜欢画画和写字，曾就读于山东聊城某大学，艺术设计专业。唯一喜欢的作家是金庸，漫画家是BENJAMIN。生活坦然而安定，喜欢和一群要好的朋友打打闹闹。对生命的过往充满了疑惑和迷茫，却希望一切随散而自然。（第十届新概念作文大赛二等奖）

飞鸟和鱼

◎文/张希希

我是鱼 你是飞鸟
要不是你一次失速流离
要不是我一次张望关注
哪来这一场不被看好的眷与恋

你勇敢 我宿命
你是一只可以四处栖息的鸟
我是一尾早已没了体温的鱼
蓝的天 蓝的海 难为了我和你

站在二十九楼的时候，可以看见这个城市的全部，安静而详和的，带一些温柔的气息，在高楼密布间矗立。这是这个城市最高的楼，二十九，再往上就是一道尖尖的圆顶，强硬的弧度，可以看见用力向上的痕迹。

是下午两点钟的时候，光线强烈，在暖暖的脸上留下金色的光泽，在二十九楼的餐厅。深紫的桌布，有着花朵一样漂亮的颜色。透明的高脚玻璃瓶里，一朵忧伤的玫瑰。暖暖的盘子里，切得支离破碎的牛排，暗红的酱汁，是能够引起食欲的，但是暖暖不想吃，至少，现在。

你可以看见，暖暖，头发有一些稻草似的枯黄的女孩，尖下巴和笑起来就习惯性地眯成细缝的眼睛。走路的时候塞着耳塞，喧哗的音乐，双手插在口袋里，纤细的腕上露出的银镯子，都是有极精细而且漂亮花纹的，随时有丁当做响的清越的音节，彼此响扣的。似乎是这个城市里，能够随处可见的女孩子。

我从没见过暖暖你这样的女孩子，似乎是枫这样说过，也许，暖暖还记得他说话时忧郁的眼神，那不安的情绪是慢慢地荡漾开来的，带着几分不确定。是啊，可是暖暖有什么不一样呢，她也有羞涩的笑容和开满艳丽花朵的裙子，转圈时就可以飘飘荡荡舞蹈的漂亮裙子，散开来，散开来。

枫走后，好像就再也没有人这般说了，枫，枫在哪里，暖暖使劲透过宽阔的落地玻璃窗向外专心张望，但是，怎样的高度都是无法超越大洋的吧，他在那一端，她在这一端，看不过去的距离，彼岸的彼岸，花开得正艳，雨雪不袭，也许，谁知道呢。

他不留下什么，走的时候给他唱的《飞鸟和鱼》，他也只是微笑，不说话，眼睛里依然雾气弥漫的，迷离的。暖暖说我们再见吧，头转过去的时候心里有茫然的感觉，再见，可是，再见是什么时候呢，只怕，已是遥遥无期。大概记得最早时候的相识，他穿雪白的衬衫，干干净净的样子，笑起来有很好看的轮廓，她也是素白的连衣裙，再清爽不过的女孩子。

那时候是站在音像店的狭窄的过道里，挡住了彼此的路，于是就认识了，后来发现都是过来买那张有一首叫《飞鸟和鱼》的歌的 CD，老板打开试音时便能够听见齐豫清越的声音，仿佛是浮在空气中的，从远处飘渺而来，她在说着的是一个飞鸟和鱼的故事，一个让人忧伤起来的故事。

我是鱼，你是飞鸟，无论怎样的，都是绝望的，所有的所有的，只是在说着的，是关于宿命的，一个永恒。

麦当劳，那个有着鲜艳的红色和白色的，总是飘荡着甜品的奶油香气的地方，孩子的嬉笑打闹声似乎总是不绝于耳。是醒目的地方，而在暖暖心里也是醒目。在那里，她变法术一般从身后拿出小小的蛋糕，为枫庆祝他十九岁的生日，尽管那只蛋糕小得只能插下一根蜡烛，他依然笑逐颜开，是那样惊喜的笑容。从未有人记得我的生日，我不曾有过与人共同庆祝生日的经历，他说，眼睛里有湿润的雾气，这是第一次。

是开始，她说，现在，以后，我会一直在你身边，为你庆祝。

是去年的事，可是在她心里，好像是过去了，沧桑顿改，太久远又太久远，让她在某些时刻无法喘息，不能回忆。

他们曾经一起走过的那些路，她重复着一遍遍走过去，走过去……在这个城市的天空下，感觉到曾经共同存在的气息，不间断的痕迹。似乎是无处不在。

在别人的眼里，两个人应该是不和谐的，枫，有着明朗笑容的男孩子，而暖暖却是带着南方女孩惯常忧柔的，只有在暖暖面前，枫才会忧愁地连眉毛都皱了起来：暖暖，暖暖，你是太不开心的孩子呢，告诉我，怎样你才能够笑起来?

暖暖总是不答话，正如总是默默地给枫买来早饭，买来饮料。暖暖是话不多的女孩子，连看着枫的眼神里都是清澈里隐约一抹抑郁，挥之不去。两人共同回家的路途抑或是午休时间的散步，总是不多话，只是不停地走啊走，仿佛那道路是没有尽头的，只是无休止地蔓延，蔓延……

圣诞节的下午，枫送来的大大的盒子几乎吸引了所有人的目光，有着鲜艳的包装纸，大块的红和大块的橙热烈地交织在一起。盒子里是奶黄色漂亮的小熊，亮晶晶的眼睛，憨态可掬。暖暖的是深蓝色的有金色花纹包装下的一只玻璃瓶，五颜六色的幸运星，满当当地挤满了透明的瓶子。枫笑得一脸灿烂，暖暖，是用足心思的礼物呢。暖暖亦难得地露出明亮的笑容，有漂亮玩具的女孩，应是被宠溺着的吧!暖暖没有什么不满意的了，或许。

但是，暖暖那有墨绿色的安静的日记本里的名字，不是枫呵。

那个叫做晟的男孩。

记得刚开始看见他的样子，笑容干净，眼睛总是睁得大大的，充满好奇。他是没有太多想法的男孩子，打球的动作利落而漂亮，是暖暖所喜欢的。她为他唱过一首歌，买过一盒巧克力，写过一本日记，思恋过，三年。她一直都记挂着的，是他。

即使在她身边的不是他，她悉心照顾的人，不是他。

可是她心里的人，是他。

暖暖，你告诉我，晟，他是谁?

暖暖仰头看着枫，他明朗的面容充满焦虑和急切，我从你好友口中听见这个名字，无意间的。

是……我……爱过的人，曾经的。

暖暖缓缓地答他，她撒了谎，因为不想伤他太深。

那么，你现在……

我不知道，暖暖低声地说，可是我答应你，我会忘记他。

我等你。枫笑了一下，我永远会等你，不管需要多久的时间。

应该是花费了很多力气来学着遗忘的，因为一个承诺。

是很辛苦的路程，她慢慢走到他面前，想着那些共同的过往而一点点把心用他来填补，这时期是如此缓慢，然而终于是让小小的种子生长，发芽，开花。她等待结果，应是他也期望的吧。

她在某条道路上看见晟，手里牵着一个女孩，浅眉细目，笑容却是放肆而嚣张。心里没有预想的难过，只是一些遗憾，为他身边的人。转身离开的瞬间，他叫出她的名字，微笑，嗨，你也在这里吗。曾经百转千回设想的遇见，居然也只有这么一句简单的问候。

现在，她可以带着完满的笑意，到他面前去。

枫，枫，你还在那里等着我吗?

我，我要告诉你一件事。

他先打来了电话。

什么?她屏息听着，有些不安和紧张。

出来再说吧。他说。

他的脸依旧有清晰的轮廓，无数的梧桐叶在他身边纷飞，不停地打着转，有些冷，她禁不住打了个寒战。他一直低着头看着自己的运

动鞋，暖暖，我要走了。

走了？

是，澳洲。我妈为我办妥了一切手续，安排我过去上学。下周的飞机。

你……

暖暖，对不起，我想我终于是没有能够实现我的诺言，我无法一直等待着你，不知道你终于会爱谁，这是赌博，我害怕沦陷，所以我逃开了，我，不敢赌，我输不起。

对不起。

那个诺言，我是注定要欠着你的了，今生，今世。

他渐行渐远的身影终于是消失在风中了，暖暖一直愣在原地，刹那的恍惚，不能明白刚才的一切，究竟是否真实。

是梦吧，她喃喃自语着。

也许好好睡一觉，明天醒来，一切就都好了。

对自己这样说。

他真的走了吗。

她站在机场的大厅里，看见银白色的机翼掠过天空的痕迹，有优美的弧度。枫，枫。

请你一定要回来的呵。

因为，我在等你。

等你。

一直，永远。

张希希，非典型的魔羯女。喜欢读书，喜欢绘画。相信在成长的过程里，任何璀璨都只是一笔带过。喜欢清澈的电影，希望可以分享的文字。喜静，亦喜动。（第八届新概念作文大赛二等奖，第十届新概念作文大赛二等奖）

第2章

似水流年

亲爱的小越哥哥，我现在要走了。你的那只永不离开的蝴蝶现在要飞走了。她曾经等了很久很久，可你都没有回来过

糖

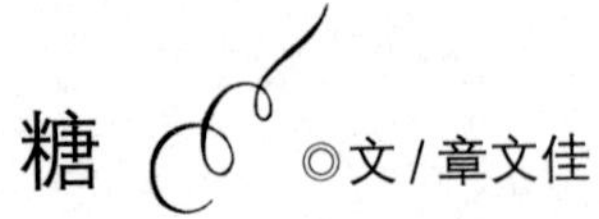

◎文/章文佳

一

郎骑竹马来，绕床弄青梅。
同居长干里，两小无嫌猜。

我叫囡囡，今年八岁，我是个爱做梦爱吃糖的小姑娘。我会唱好多小孩子的歌，还会好多古代小朋友的顺口溜，这些，都是妈妈教我的。我会念“窗前明月光”，还会念“鹅、鹅、鹅、三只鹅，曲着脖子向天歌”。可是，今天这一首我还是第一次听到。你听，什么“狼骑猪马来，还要摘梅花”，多好玩，可是妈妈从前为什么不教我这个呢，一会儿得问问她去。

然而壮壮却不肯好好听，他一个劲地要拽我走。

“你不是爱吃糖么，我们看糖去！”

五彩缤纷的糖粒热热闹闹地住在商店的大罐子里，我的口水都快流下来了。我看看壮壮，又看看罐子，“我妈妈不让我吃糖，她不会给我买的。”

“我让我妈妈给我买！我现在又不爱吃这些，都给你！”

“好啊，好啊。”真是高兴，抬头看壮壮，他好像又长高了。他只不过比我大一个月，都比我高出一头了。

肯定是他想吃什么阿姨便给他买的缘故。

“不过你以后只给我当新娘，不要再理二子，好不好？”壮壮的声音软软的，怪好听。

我的眼睛在糖罐里转悠着，老转不出来，听壮壮这样说，一口答应了。眼睛前放着这些糖，人的原则性大概都是比较差的。

我把手伸给他，我们一起去另一个柜台寻找我们的妈妈。

妈妈和阿姨手拉着手走过来，两人都笑吟吟的，就像电视里的那些阿姨一样，穿着又奇怪又好看的衣裳。我忽然发现阿姨的腕子上多出来个什么，跑过去抓起她的手看。

好诱人的东西。分明是那个罐子里的彩糖手牵着手围了一个圈在跳舞，亲亲热热地嘻嘻哈哈着，一颗颗轻盈的椭圆的珠子，像薄荷糖一样晶莹透亮。握住了细瞧瞧，这个里面含两片绿色芭蕉，那个里面是几粒红色樱桃，各人有各人的模样。用手轻轻一划拉，“铃铃铃”，它们叽叽喳喳着笑闹起来，我顽皮地凑近，问一句，“你们，是要跳舞吗？那我，给你们唱歌吧！”鼻子无意间触到了，鼻尖凉凉的，痒痒的，真想“啊呜”一口，尝尝这些糖的味道。

第二天，阿姨出去又买了一串珠链回来。先前的那一串，由壮壮作主，送给我啦。

二

> *十四为君妇，羞颜未尝开。*
> *低头向暗壁，千唤不一回。*

我本是蒲氏园中娇憨亦灵动的女子。

矮树，疏篱，骄阳。肥绿的葡萄叶，斑驳的影，葡萄架下沁凉的石椅。躺在石椅上，手中的书朝向太阳的方向举起。这本唐宋诗词选——《花间的细诉》，已经陪伴我一个午后的时光。

他去乡下姥姥家，十多天了。他交我代管的美人蕉，已绽开好几个花骨朵了。用不了几天，都得去新的大学报到，可直到今天，还不见他回来。只有无趣地翻书，喃喃自语，“十四为君妇，羞颜未尝开……”古代女子十四岁就出嫁，可我们都十八了，还没谈过恋爱呢……隔壁班那个男孩的诗写得真好，不过还比不上壮壮……脑子里过着互不相干的念头，一边轻声地读，“低头向暗壁，千唤不一回……”忽然间想起他的唇，棱角分明，嘴角上扬，淡然地笑着。可是，怎么就会，想到他的唇呢。

书，再看不下去，落下来扣到脸上。

一觉醒来，懒懒地拿开书，却看见他在笑。就蹲在石椅旁边，若即若离的。他的眼睛，他的眉峰，他的——唇，都在笑。

他把手中的东西递过来，一篮的瓜子花生，还有——糖！我瞟一眼，不由地又去看他。

“干吗这样盯着我看？几天不见，还知道害羞了？”

“猜猜，我为什么要拿这个来？”他问。我摇摇头。

“你呀，从来都记不住我生日。”

他在笑，他的唇……

手足无措，下意识地伸手到篮子里抓把瓜子要递给他，却看见手里……

琉璃珠，中国玻璃，像饱满的糖，单粒的，混在瓜子花生糖里面，第一把就被抓到了。

拣出来低头打量，他凑过来看，“再一个月是你的生日了，那时候可能都在学校，见不到你，今天先给你礼物吧。”他身上太阳的味道一起逼过来。悄悄闭上眼睛，周身的黑暗中，我看见舞台上的光束从头顶直走下来，只照在我们身上。乳白的裳，生满绒毛的三叶草，粉红的，兰紫的花瓣的碎片。

他滚烫的臂伸过来。紧闭的眼睛触着他慌乱的火热的唇。是一种，糖的味道。

三

太阳快进山了，风细细的，又飘起一阵黄昏雨。街边公园小径上，一滩滩一汪汪尽是淋漓的雨水。倦草含泪，一地的败红残翠。迎面一棵嫩杨，一株老柳，两树中间，系着孩子绳编的吊床。

在旁边的石椅上坐下，我看见树叶上的水珠往下落。

开尽牡丹，看到荼縻。三十八岁了，女人最美的年华已逝。好在，好在噩梦一般的生活终于拐上了另一条路——一个人带着孩子迁回到母亲的家。

儿时的街道、商店，少时的葡萄架、石椅，年华似水时轻盈绽放的太阳的花，一点点，一滴滴，偷偷地走近了，靠过来。

抬起头。他走来，一言未发，在身旁坐下。

安静地坐着。

我在造化的这端，而他，在那端。两颗心，分明有着很亲近的暖热，却又隔着千重烟水，万重的断山。

该诉的，该听的，都已诉过了，听过了。郎骑竹马来，两小无嫌猜。纵是如儿时一般无嫌猜，可是现在，能怎么安排？

他忽然开口了，艰难地：

当夜如黑色锦缎般铺展开
而轻柔的话语从耳旁甜蜜地缠绕过来
在白昼时曾那样冷酷的心

心里，无力着，我慢慢和下去：

在白昼时曾那样冷酷的心
竟也慢慢地温暖起来
就是在这样一个

美丽的时刻里
渴望
你能
拥我
入怀

我的颈窝，躺着我们的天子之珠……亦如身旁那形状优美然而简陋的吊床。那中间，必也承载过特别的重量罢。糖粒一般的珠，一半桃红，一半兰白，里面藏着碎掉的叶片，在月亮下，发着黯黄的光，同这雨后的空气一样，亦是微微的清凉。

这寒，这暖，这一瞬，这一辈子呵。

四

小睡起，庭上近黄昏。
桃花红，杏花红，旧燕消息和泪闻。

下午的深处，半躺在摇椅上，翻他的画册，读他的书。他的诗，已由当初的激情四射转为现在的沉稳老辣。是啊，已是五十八岁的老翁老妪，我在心里，嘲弄着给我们这样定义。“我能想到最浪漫的事，就是和你一起慢慢变老，直到我们老的哪儿也去不了，你还依然把我当成手心里的宝……”小儿女的歌子，现在哼出来，自己亦感觉好笑。摇椅是有的，幸福也曾来扣过门的。可耳听摇椅声声，吱吱呀呀的声音中，只留下一个人。

书房的壁上，单只一幅画。

糖一般的琉璃珠，一枚明媚，一枚沧桑。小巧的樱桃，拙朴的紫花枣，朱艳的凝脂欲滴，忧郁得盈盈似泪。

迷蒙之间，没梦的年纪偏有了个梦，又是在乡下的姥姥家。农作

物香气四溢，鸟喧虫鸣，夕阳下，我与他，一路上相跟着回家。

不能携手，不能同榻，亦可时时相对。

忽然醒来，睡眼朦胧中，感觉有点怪怪的——窗帘子与往日有些不同。原本是一帘的落花断叶（那里定是秋风劲吹，红润的红，青翠的青，纷纷飘落）。可如今，落花变飞花，似要跃上枝头，再次开花。略想一想，忍不住笑了。

那个初进门的媳妇，小巧的嘴巴似喜鹊一样，叽叽，喳喳，为沉闷的小院添注了活泼泼的魅力。定是她，把我的窗帘倒着挂了。

妈，您这个匣子里装了这么多珠子，怎么不见你戴呢?

妈，今天早上收到的小匣子，是朋友给您的生日礼物吧，是那个写书的叔叔么?

妈，听说那个写书的叔叔，他的妻子都走了三年了，您，不去看看他么?

儿子走过来拉过问话的人，指点着让她看墙上的画。我从后面看着孩子们，却看见了葡萄架下，时光的舞台上，粉红的，兰紫的花瓣的碎片，还有生满绒毛的三叶草。

儿子回头看一眼。我知道，他是知道的。

手中的珠子，珠中的相连的叶片，一片单薄，一片卷曲，一片是心事之铺陈，一片是心事之勾起。

湿热的琉璃珠，好似糖一样，要化了。

章文佳，曾用笔名木藤子轩、暗夜以北。1988年10月生于浙江金华，天秤座，O型血。（第九届全国新概念作文大赛二等奖，第十届新概念作文大赛二等奖）

毁

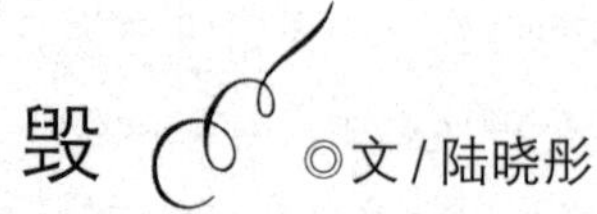

◎文 / 陆晓彤

某日，在街上偶遇多啦A梦，从他的口袋里拿出紫霞仙子的月光宝盒，于是乎，我回到了那年。

就是在那种屁还不懂的年纪，我家发生了点事，其实是大事。那天，我在窗台旁看着窗外的小狗在撒野，看得兴奋时，爸爸冷不丁冒了出来，还好没批评我干正事，当时这些事都属于坏孩子干的，好孩子应该去做作业的，正庆幸时，爸爸破天荒地从口袋里拿出一大把巧克力，还居然是给我的。我战战兢兢地吃着巧克力，还不时看一眼爸爸，想，要发飙也要等我吃玩再发。我食量跟猪一样，吃完后，看着像从外星来的爸爸，一脸的不解，盯着看了一会后，果不其然，爸爸有事要说，他笑得很灿烂，说，你亲爱的妈妈怀孕了。我当时就楞住了，妈妈怀孕了关我什么事啊。怀孕就怀孕了喽。爸爸知道我这屁孩真的什么都不懂，就笑着解释道，就是说，你会有个小弟弟了。天啊，真的关我的事了，我第一反应是，好了以后的巧克力要平分了。天啊。我还小，但我还是知道什么叫难受的。爸爸说，给你吃巧克力是要让你的嘴巴甜一点，等会妈妈回来了，你要跟你妈妈说：爸爸和我都爱美丽善良的妈妈和未来的弟弟。知道吗？爸爸的眼睛瞪的和玩具小熊的眼睛一样大。于是我答应了喽，谁叫我是小孩啊。其实我才不欢迎小弟弟呢。可是那天

我还是说了，看妈妈笑的很开心的样子，不知道我的脸是怎么个难看样。

还好，至少我还吃了很多巧克力，所以弟弟还是好的。心情好了些。只是我不知道，以后还可以因为弟弟吃这么多巧克力吗？好了，心情又坏回来了。

第二天，我就知道妈妈再有个小宝宝是不好的了，第二天，我就拉肚子了，看吧就知道弟弟不好，还没出生就让我生病了。可爸爸却不这么的认为，越发地对妈妈好了，都不管我了。对着我的小金鱼，我想哭却哭不出来，我以后找个我孩子的爸爸一定要对他的孩子好。金鱼眨巴着它的大眼睛，似乎同意我的话，然后继续吃它的食物。

我不要弟弟！

一个月后，我的话居然灵验了。怎么就让它灵验了！

事情变得很快，比老师的新衣服变得还快。不记得是哪天了，爸爸气冲冲地回来，也没有给妈妈带柠檬。看到在沙发上休息的妈妈，一把把妈妈揪了进去。我楞住了，到底是怎么了？我看着客厅里的金鱼，金鱼也大着眼睛，不告诉我。

妈妈被打了，我听到卧室里生硬的一声耳光声，接着是些含糊不清的骂声，我退到角落里，什么也不知道了。接着，陆续传来杯子破碎的声音，花瓶死掉的声音，我怕极了。终于，我哭了出来，像用指甲在玻璃上划过般的感觉，不知道，妈妈哭了没有。金鱼陪着我难受。过了很久，很久，很久，我哭到都没力气，没眼泪了。卧室的声音终于，终于没有了。只听到妈妈小声的哭泣。让我觉得很难受。

妈妈你出来吧。

啪，房门真的开了，我看到一个头发散乱的女的，那个人是我妈妈，我向妈妈扑了过去，妈妈也踉踉跄跄的向我走来，嘴里还含糊着说些什么。我们抱在了一起，我哭光的眼泪，又止不住的从眼睛里逃了出来。妈妈身体里面的弟弟，你在干什么？

迷糊着看到爸爸厌恶的眼神。

摔门而去。

那一晚，妈妈和我睡，那个叫爸爸的人却不知道跑到哪里去了，那一夜，我以为我睡着了，却依稀记得夜半有女人犀利的哭声，刺得我的心难受。

金鱼，你也哭了吗？不然你的身旁为什么也有那么多水？

后来的日子，理所当然的不好，我还是像以前那样去上幼儿园，只是看到我喜欢的男生，再也不想对着他笑的没心没肺了，所有的一切都变了。回到家，妈妈还和以前一样的做饭，洗碗，似乎什么都没变，可是……

我不止一次的看到，入夜后，妈妈对着张纸在小声地哭。哭了很久后，又把它藏了起来。那张纸，我后来知道，是那个坏男人和我妈妈的照片。

其实我还是想回到从前的，我不止一次地对小金鱼说，似乎这样爸爸就可以知道。我还是想回到从前的！想看到爸爸开心的样子，看到妈妈幸福地吃着爸爸带来的水果，看到妈妈不干活的样子，看到我们一家人开开心心的样子。即使以后会多个弟弟，那有什么关系呢？可是，回不去了。小金鱼，你也想爸爸回来是吗？因为那样，你就可以吃鱼食了，我知道你现在吃米粒很不好受的。爸爸，你回来吧。我还是叫你爸爸。

爸爸真的回来了。

那天，我正对着小金鱼发呆，爸爸还是和那一次一样，冲了进来，翻着箱子，我和妈妈和小金鱼都看着爸爸，什么也说不出来。爸爸似乎在找什么。“在卧室里，床边的第二个抽屉。”妈妈说到。

爸爸瞥了妈妈一眼，推开我，进了卧室，出来时，拿着几本红色的本子，手里还有妈妈每天拿的那张纸，那张纸已经不成样子了。我看到爸爸的眼神很凶，接着，听到什么东西破碎的声音。我和妈妈前

面的那片天空，似乎被生硬地拉开了一个口子。为什么要这样！

爸爸又甩门走了，走得似乎很潇洒，但在我看来，他是爬出去的！妈妈在那个人身后追着，我知道妈妈是想要他回来的。我也是，虽然我不想承认了，肚子里的弟弟也是，小金鱼也是。突然，我看到妈妈倒了，很痛的样子，前面的人还是头也不回的走着。我跑到妈妈的身边，呆了，妈妈裙子下面全是红色的血，像小金鱼的尾鳍一般地向两旁散开来。妈妈还是向前面的人看着，表情狰狞。不知道是痛苦，还是恨。

隔壁的伯伯把妈妈送进了医院，那天，我知道了，在不成家的家里，只有我和妈妈和小金鱼了，我的弟弟没了。可是，我想要多个人陪，都怪我当初的想法！

后来的那几天，金鱼死了，我和妈妈的心也不见了，小金鱼最终还是没有陪我们走到最后，它还是吃惯了爸爸买的鱼食。这个家也是习惯了。都没了。

多啦A梦从我手里抢过月光宝盒，所有的一切，又回到了现实，我还活着，我还要走下去！带着我的痛，带着不可思议的经历。我还是没有发现，为什么这个家，没了？

多啦A梦说：过去了。

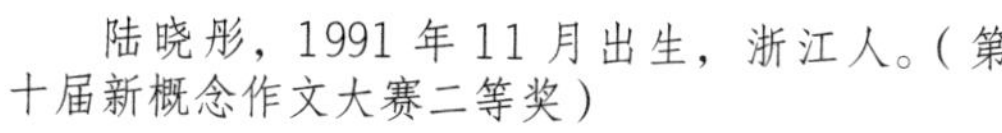

陆晓彤，1991年11月出生，浙江人。（第十届新概念作文大赛二等奖）

二四八六二

◎文 / 马岩龙

小越哥哥小越哥哥我亲爱的小越哥哥，你还记得吗？还记得我吗？

小越哥哥你想起来了吗？我是蝴蝶，你最疼爱的蝴蝶啊！你的小妹妹蝴蝶，那个整天无忧无虑地跟在你后面跑的蝴蝶，只知道坐在金黄色的麦垛上冲着夕阳冲着你傻笑的蝴蝶。

想起来了吗？我亲爱的小越哥哥。

小越哥哥我好想你呀！你瞧你都走这么久了也不回来看看我，你就不怕我再去三皮家偷石榴啊？哈，我开玩笑的。

对了，小越哥哥，那只小鸡怎么办呀？你还记得那只小鸡吗？就是你送我的那只呀！

那年春天，你捏着我的脸颊说："蝴蝶啊，你看这只小鸡多像你呀！矮矮的，笨笨的，毛茸茸的一团，走起路来一摇一晃。"我只是一个劲儿地冲着你傻笑。你轻轻拍了一下我的脑袋说："傻孩子，笑什么。喏，送给你好了，等它长大了你再给我。你可要给我好好对它啊，如果你把它养死了小心我打你屁股！"你笑着挥舞着拳头的样子像一只可爱的小狮子。那时候，我们都还小吧？

现在那只小鸡已经长大了啊，你知道么小越哥哥？怎么办啊怎么办小越哥哥？它怎么一下子就变成大公鸡了呢？好像昨天它还是只毛茸茸的小鸡呢，可是现在已经开始雄赳赳气昂昂地抖动彩色的羽毛向我示威了。

小越哥哥，它还能变回你送我的时候那么小那么可爱那么笨笨的像我一样吗？它长大了的样子好可怕啊，鲜红的鸡冠，犀利的眼神，尖锐的喙。它整天咯咯咯地乱跑，再也不乖再也不听我的话了。昨天它还狠狠地啄了我的右手心一下呢，好疼啊小越哥哥，好疼啊。我都哭了。

小越哥哥你快点回来呀，回来教训它，就像当年教训那些欺负我的坏孩子一样。

小越哥哥小越哥哥小越哥哥，我想你我想你我想你。小越哥哥你听到了吗？小越哥哥你怎么还不回来呀？小越哥哥你什么时候回来呀？小越哥哥难道你不要蝴蝶了吗？你已经把蝴蝶忘了吗？

昔日伊人耳边话，已和潮声向东流。

小越哥哥，我难受。

时至今日，我对童年的回忆仍仅限于和小越哥哥一起生活在乡下的那几年时光。

那时候我就是一个笨笨的、见什么都只会傻笑的小女孩。对小女孩来说，小越哥哥就是那个永远都会拉着她的手在前面走着，时不时停下来冲她回眸一笑的人。

我就这样抓着小越哥哥的手跟在他后面在一块又一块绿油的麦田里走来走去，清晨到黄昏。我永远都不担心自己会迷路会回不了家，好像小越哥哥的背影就是我生命中唯一正确的方向，跟着它走就一定不会迷路就一定会找到家。或者，小越哥哥的背影就是我臆想中的家吧。

那个时候，我一伸出手就可以够到小越哥哥温暖干燥的手，让它拉着，在一片片麦田进进出出。

小越哥哥的手以及背影指引着我童年所有的小小的幸福。

我就这样被我的小越哥哥拉着手，走来走去走来走去，走过了多少块绿油的麦田走过了多少个夏天的黄昏走过了多少微笑多少小幸福，走过我的童年的全部记忆。

小越哥哥有着清秀的面庞和温暖的笑容，我喜欢以一种女人的幸福的角度仰望这样的面庞这样的笑容。小越哥哥的笑容和他拉着我的温暖的手一样，它们都让我，让一个傻孩子感到安全。好像只要小越哥哥拉着我的手，然后冲我微笑，全世界多少个世纪的幸福就立刻淹没了我。好像小越哥哥温暖的手和微笑永远都在。好像我永远都不会失去这种简单而美妙的、只有女人才体味得到的幸福。

这样的一幅画面经常在我的回忆之中温柔地淡入淡出：我和小越哥哥站在一大片麦田里面。乌鸦群呼啦啦飞过头顶的天空。小越哥哥背对着太阳面对着我露出温暖的笑容。无数阳光贴着小越哥哥的身体撒在麦田里，它们把小越哥哥的轮廓在麦田里勾勒包裹成一道瘦长的影子。我沉溺于阳光沉溺于小麦的香味沉溺于深深的暗影沉溺于小越哥哥阳光破碎的笑容。

多想这样的画面不要消失啊，多想。

可是，我听任时光哗啦啦地流走没有任何办法，眼泪哗啦啦地流下来同样无济于事。

为什么挽留永远都是无济于事的？

小越哥哥，你还记得那个教堂吧？记得吧？

那个夏天，你第一次带我去那个教堂。我们走了好远的路啊，一直往南走，一直走。最后我实在走不动了，就看见你在前面蹲了下来，回头冲我微笑。小越哥哥，你不知道你的笑容是多么的好看啊！

你说：“傻孩子，来啊。”

小越哥哥，你知道吗？那天我趴在你瘦瘦的但让我感觉很坚强的背上，你弓着腰，扭头冲我露出明亮的笑容。微微上扬的眉角，勾起了一条优美曲线的薄薄的唇，整齐洁白的牙齿。多好看啊！当时我就在心里感慨是不是所有男孩子的笑容都是如此迷人的呢？我马上又想，即使如此，我也只喜欢小越哥哥一个人的笑容。

现在想来，这就叫情有独钟吧？我亲爱的小越哥哥。

我看着你迷人的笑容，自己又傻笑起来。你用脑袋向后碰了碰我的脸说："傻孩子，笑什么？"我不语，微笑着把脸埋进你松松软软的黑发之中，丁香花开的香味一下子淹没了我。

你淡淡一笑，然后背负着一个女人童年时候所有关于爱情或无关于爱情的幸福，在夕阳余晖之中向着教堂小心地走去。

那真是个又大又漂亮的哥特式教堂啊！整齐地堆砌起来的黄色的巨大方砖，点缀在方砖上的彩色的琉璃窗户，攀爬纠缠于方砖与窗户之间的绿色藤蔓植物。

之前我怎么就没有发现乡下还有这样漂亮的地方呢？我怪你这时候才带我来教堂玩，嘟着嘴坐在教堂外的长椅上生气。你拍拍我的脑袋说："来呀，蝴蝶。"然后我就跟着你往教堂里面跑。我们跑过正在闭目祈祷或者唱圣歌的老人，跑过传教讲经的牧师，跑过讨饭的乞丐，一直跑到教堂的后院。

小越哥哥，我记得你找了好久才从后院角落的一间小木屋里找到了那些只有虔诚的基督教徒才可以穿的白色的圣衣。那些衣服好大啊，把我都装进去了。你为我穿好之后，一边自己穿另一件衣服一边看着我笑，说："蝴蝶，你现在的样子好像一只肥胖的鸭子啊！"于是我再次嘬起了嘴，撩起又长又宽的袖子，提着衣服的下角转过身不理你。

小越哥哥你穿衣服真快呀。你说："蝴蝶，看，怎么样？"我回头，看到你就像是站在一堆雪白的绸缎之中，衣服搭在身上松松垮垮的。多像一个天使啊！我心想，我的小越哥哥多像一个天使啊！他扑扇扑扇洁白丰满的翅膀，我就幸福得要死。

"才不好看呢，像一只胖乌龟。"我看着你，嘟着嘴说。你想了一会儿，说:“蝴蝶，我带你去个地方。”于是我们就再次跑了起来。

风吹起头发，吹进脖子里面，洁白的圣衣鼓胀了起来。我们奔跑在一条昏暗的窄窄的青石板小路上，感觉仿佛要飞起来。

我们终于在一面很高的暗红色的砖墙前停了下来，你指着高处的墙说:“蝴蝶，你看。”我抬头，看到墙上你手指的地方挂着一个估计有两米多高一米多宽的巨大的金属十字架。落日的余晖照耀着它发出金黄色的光芒，庄严而神圣，令人肃然起敬而又感到慈祥。十字架上钉着一个赤身裸体的长发男人。我掂着脚尖用手指着那巨大的十字架问你:“小越哥哥，那个人是谁呀?他怎么在那上面啊?他怎么不穿衣服呀?”你转过头来说:“那是耶稣，他用自己的血来救赎世人的罪恶。”

“哦——”我长长地应了一声。

“我们来许愿吧，蝴蝶。如果许的愿被上帝听到的话，就会实现的。”

“好啊好啊。”

昏黄的青石板小巷中，一面古老而慈爱的许愿墙前。两个天真懵懂的孩子穿着宽大的白色圣衣，双目微闭，一脸虔诚地伏在金黄色的巨大十字架下面，双手合十然后交叉地握着放在胸前。

闭好眼睛之后我又偷偷地睁开眼看了一下表情无比认真的小越哥哥，然后再次闭目，低头，许愿。

“让我和我亲爱的小越哥哥永远在一起吧。”

“许完了吗?”

“嗯。”

“说‘阿门’了吗?”

“嗯?”

“说‘阿门’。”

“阿门?”

“嗯。”

“阿门。”

“阿门。”

“阿门。”

“蝴蝶。”

“嗯？”

“其实，你穿这衣服真好看，像穿着雪白婚纱的漂亮的小新娘，像一只安静的永不离开的蝴蝶。”

小越哥哥，我当时有多开心啊，开心到都忘记了问你你所说的“永不离开的蝴蝶”是什么意思？嗯？

小越哥哥你知道么？那天，一个女孩子把她今生今世全部的幸福亲手交给了你。全部地。义无反顾地。义无反顾。

小越哥哥你还记得吧？后来一位白发苍苍的老人发现了我们，我们脱下圣衣转身就跑，他吹着胡子气呼呼地在后面追赶我们。

小越哥哥紧紧地抓着我的手，两个人的手心都在出汗。我们一直跑一直跑。一瞬间，我有一种错觉，以为小越哥哥会永远这样拉着我的手不放开。

我们跑过昏暗的青石板小巷，跑过流淌的小溪，跑过嫩嫩的草地，跑过收割的农民和安睡的猫头鹰。两个孩子究竟跑了多久啊，最后终于一起躺倒在了一片被夕阳染成了红色的麦田里。

我们手拉着手望着头上暗红涌动的天空不说话。我们大口地喘气，然后放肆地笑起来。笑声带着幸福的温度伴随着一阵阵麦浪四散开去。风一吹，就海角天涯。

海角天涯。

那个夏天啊，小越哥哥，那个夏天。

当我再次回忆起那个夏天我们的笑声伴随着一阵阵麦浪海角天涯；回忆起你说，“蝴蝶，你穿这衣服真好看，像一只安静的永不离开的蝴蝶”；回忆起我们一起伏在黄昏中的那金光闪闪的十字架下虔诚地许愿；回忆起你说，“来呀，傻孩子”；回忆起我们站在一片绿油的麦田里面，头顶一群乌鸦呼啦啦地一飞而过，你背对着太阳面对着我微笑；回忆起阳光在麦田里映出你深深的暗影。我抬头，看到你身后破碎的阳光，你低头，我看到你阳光破碎的笑容。

多好啊！

可是，可是我亲爱的小越哥哥你现在在哪儿啊？在哪儿在哪儿到底在哪儿啊？小越哥哥你为什么不回来呢？你已经把蝴蝶忘了吗？你不要蝴蝶了吗？小越哥哥你去哪儿了呀？我在每一片麦田里走来走去走来走去，再也找不到了你孤独的足迹。

那年夏天，君未成名我未嫁。

小越哥哥，我多想那个夏天之后还是夏天。

可是，时光不再，物是人非。

小越哥哥，我现在好难过，难过到要死。

为什么要走。

不是说好永远在一起的吗？

小越哥哥，你还记得吗？还记得你的那只安静的永不离开的蝴蝶吗？会记得吗？会记很久吗？会一直记得吗？一直吗？

小越哥哥，那只傻傻的蝴蝶傻傻地在一片片的麦田里，在华丽的教堂外，在昏暗的青石板路上，在巨大的金光闪闪的十字架下，在暗红色的许愿墙前，在你的温柔的笑容后。等你，等你，等你。等过了多少遍季节交替多少个夏天多少次乌鸦仓惶南飞，可还是没有等到你。

亲爱的小越哥哥，我现在要走了。你的那只永不离开的蝴蝶现在要飞走了。她曾经等了很久很久，可你都没有回来过。

那一年，你走了。头也不回，走了很远。带着一个女人童年时候所有的幸福与爱情，再也没有回来过。

小越哥哥，你终于教会了那只整天只知道傻笑的蝴蝶该如何哭泣。

蝴蝶飞走了，无可奈何地。

她会在很远很远的以后一次一次，一次又一次义无反顾，意犹未尽地想起你。因为曾经拥抱我的，是你海洋般的汹涌。

我们之间那么远，一千八百八十年。

马岩龙，笔名莫小七，男，1988年生于河南新乡。曾就读于郑州广播影视学院新闻传媒系，摄影摄像技术专业。（第七、八届新概念作文大赛入围奖，第九届新概念作文大赛二等奖，第十届新概念作文大赛二等奖）

春末的南方城市

◎文/徐筱雅

他抬起头来，一束刺眼的阳光立即照进他的眼睛里。就像是矿井里的探照灯，他想。他挑衅似的直视着太阳，但很快就屈服了。在这个甚至不到十秒的过程中，他的眼睛里出现了无限杂乱的色彩，像是一种新型的电脑病毒般在他眼前扭曲着，最后成为密密麻麻的，带着各种颜色的条纹。它们从高处落下，开始时速度缓慢，紧接着便如同暴雨一般急速落下，取而代之的是尖锐的疼痛感。他赶紧把眼睛闭上。眼睛里迅速上升起一片粘稠的暗红色。

夏天还没有开始，这个湿润的南方城市就迫不及待地展开了炎热。这个北回归线以南的南方城市并没有明确的四季之分，春夏与秋冬之间的间隔，就如同老房子糊窗户的纸一样，轻轻一捅就破了。

在他的潜意识里，这个城市根本就没有春天和秋天。这是一座极端的城市。它所拥有的只是酷暑和严冬。这两种极端的天气让他觉得，在这个城市里一下子集中了赤道和北极。人们渐渐淡化了对春天和秋天的认识。一年到头，整个城市都是绿的。只有当新生的嫩绿冒出枝头，或者落叶乔木开始脱落叶子的时候，人们才意识到，春天和秋天来了。

整个春天，他都在城市里不同的街道上游走。街道上打着各种各样的招牌与标语，“坚决打击毒品犯罪！”人行道上每隔百米，就有一个安全套自动贩售机，明码标价，一块钱一个。它们接受着这个城市的风吹雨打，身上的白色油漆陆续脱落，露出生锈的里层。每当看到它们的时候，他都会不自觉地露出笑容，他时常怀疑，这里面的产品会不会因为长期无人问津而最终过了使用期限。

整个春天，他都在城市里穿梭。他穿过熙熙攘攘的人群，或者被他们穿过。他觉得应该下一场雨。自从结束了初春时短暂的，如同月经来潮般的淅沥雨期之后，这个靠近赤道的南方城市就再也没有见过一滴降雨。

这座南方城市不下雪。他的家乡离此地不远，那里是下雪的，时间到了三月，天气还很寒冷。这里的人们在三月就开始穿夏装，姑娘们早早地露出手臂和肩膀，白花花的一片，让他感觉很不适应。三月应该是下雪的。这是上一年持续的大雪即将终结的标志，接下来才是春天。三月的某一天里，他顶着风雪在她的学校外站了七个多小时。火车是凌晨到的。临走前，兄弟把自己的玉佩解下来挂在他的脖子上，神色有些凝重。他身上的钱全用了买车票，兄弟手里的钱也不够了，仅剩的一些钱只够他在车上买三餐。这是一场赌博。他不知道结果。会有结果吗?

他站在学校的门口，双手揣在怀里，背靠着大门。传达室里坐着值班的老人。老人几次探出身子来看他，眼神怪异。三月了，还是这么冷。他把手从怀里伸出来看时间。凌晨两点，时间还早。

睡意一阵一阵地袭来，如波浪一般此起彼伏。他不能睡着。中午的时候他应该睡足午觉的。他有些紧张，在床上辗转很久，依然无法入睡。他掀了被子，然后准备好了所有应该拿的画稿，到即将应聘的画室去。

他不能睡着。天气这么冷，如果睡着了，也许再也醒不过来。他还在等她。她来，他等着，她不来，他也等。雪还在下，落在地上，悄无声息。它们积得越来越厚了。他感觉，厚厚的积雪正一步步蔓延上升，也许很快就要将他淹没在它们深处。它们从四面八方汇聚过来，往他的头顶上盖。一时间，他被淹没在这片孤寂的坟墓之中了。黑漆漆的，什么也没有。没有灯。灯在哪儿？听说爱迪生故乡的人们为了纪念他，便在他逝世的纪念日里全城停电，让人们在黑暗中感谢他的贡献。触手可及的这一片，都是黑的，让人有一种茫然的恐惧感。他看见了，有那么一丁点的亮光。不是的，那是两个耀眼的光圈。它们那么小，但是却好像能划破整片黑暗。他松了一口气，快步走上前去。那是她的眼睛。她冲他笑了笑，一闪就不见了。黑暗又铺天盖地地向他袭来。

彻骨的冷让他激灵了一下，睡意立刻减了不少。他转回身去看传达室，老头正坐在传达室的椅子上打瞌睡。他穿得厚厚的，脑袋上罩着一顶暖和的帽子，不像他，只穿着一件外套和单衣就坐车出来了，他没时间思考太多。至少在走之前应该看看天气预报，他想。他直觉地认为这座城市会温暖许多。三月的天气了，入春了，很少有城市还在下雪。他有好几次都想借故走进传达室里，在那里暖和一下。那里面一定有暖气。灯光是昏黄色的，勾勒出一道暖暖的光圈。传达室老头低着头微微地打着瞌睡，样子很满足。其实应该庆幸，从凌晨起他就一直一脸落拓地站在这儿，老头并没把他赶走。也许他看起来并不像坏人。头顶上的一盏灯间歇性地亮着，灯罩的周围氤氲出一层雾气。它的形状像个暖手瓶。

“看看路呀！眼睛长哪儿啦！”他抬起头，看到眼前站着一个花枝招展的女人。横条衣服和过多的装饰品使她看起来既臃肿又繁琐，像个斑马。他没做声。她勃然大怒，竖起戴了两个耀眼戒指的手指着他，吼道：“什么人啊？踩了人家的脚也不会道一声歉的？”他这个时候才看见自己的脚还停留在妇女的高而细的皮鞋上。他忙不迭地道歉，妇女使劲白了他一眼，骂骂咧咧地走开了。

她要是向自己吼出来倒也好了，像刚才那个妇女一样。她什么也不说，他在远方无法猜测她的表情。也许她什么也没说，只是笑一笑，就走开了。“我尊重他的选择。”兄弟说她是这么说的。那个时候他不在，兄弟裹着棉被，穿着小裤衩站在电话跟前，光着脚和她说了近一个小时。她几乎一句话也没说，像是被训斥的女学生一样，只是“嗯、嗯”地回应着兄弟的话。最后，她说了一句：“我尊重他的选择。”

这句话他像是对谁说过。

四点了。空气里微微飘来热呼呼的香气，像是包子或者馒头。他想起去年春末的时候，他站在包子铺门前和朋友韩迟分手。韩迟，这个名字听起来像个艺术家。他拥有着惊人的天赋，在画室里学习的时候，所有人都为韩迟的才华倾倒。可是他不画了。他成为了包子铺的老板。春末时下了一场连绵不绝的雨，石板路每天都传来黏嗒嗒的回音。青苔长出来了，踩得鞋子沿都是。韩迟没去送他，说走不开。他看见韩迟那双骨节分明的手在面粉团上游走，感觉心慌。韩迟的表情很严肃，他说，你先得生活，才能艺术。艺术没有包子值钱。他的心猛然沉了一下，像是被谁剜了一条巨大的口子，血液哗哗地流淌。他捂着胸口，对韩迟说：“我尊重你的选择。”韩迟笑了，眼睛眯缝到一块儿去，他看见他眼角粘着一块焦黄的眼屎。韩迟沾满面粉的双手，像是染满了白色的油彩。

他该不该给她打个电话？兄弟说，他已经给她留言，无论如何请她等着他来。自从她挂了电话之后，她的手机一直都处于语音信箱的状态。雪厚厚地盖着，天亮不起来。他在衣服口袋里摸索着，摸到了一个打火机。他把背包从背上卸下，往深处摸索，找到了几根软而破的烟卷。他的心里噌地擦出了一道火光。他捏起一支烟，把烟含上，两只手挡在嘴前，以遮挡凛冽的风。她向他伸出手，说：“把烟给我。”

他把烟递给她：“怎么着，想尝试一下？”

“抽烟对你百害而无一益，”她把烟扔到地上踩灭了，说，“你何不把烟戒了？”

她管得真多。他想着，撇过头去背对着她，拇指擦动了火机的滑轮。亮起来了。即使没有灯，他也觉得这条街是被照亮了。她在火光的另一头有些责怪、哀怨地看着他。“别用那种眼神看我！”他冲她吼。她什么也没说，勉强地笑了笑，转身走了。那双明亮的眼睛一下子就被黑暗覆盖住了。风呼地吹起来，呜呜地叫着，把四周的电线也吹得呜呜直响。他向前跑了两步，叫她的名字。她一闪就不见了。烟和火机都从他的手里滑落下来。燃烧的烟头埋在了雪里，发出嗞的一声长叫。

他不该吼叫着让她滚蛋。只有她能够静静地听他抱怨。遭到退稿时，他为了发泄把东西扔得到处都是，她什么也不说，安静地把一切重新收拾好。她恬静的表情能包容一切。他的房间总是杂乱无章。她走进来，轻盈地在房间里来回走着，不多久房间就会焕然一新。兄弟每次看到她，都点着头对他说，找女朋友就得找像她一样的。她把长头发在脑后绾起一个髻，用夹子夹起来。那个夹子是他在地摊上买的。她高兴地戴着它，一连兴奋了好几天。他叼着烟坐在桌子前画画，嘲笑地哼了一声。屋子里溢满了挂面的味道。她不会卧荷包蛋，所以总是先把蛋放在锅里炒一炒。整个房间里飘满了金黄的香味。他冲她吼：“出去出去，你害得我没办法画画了！”她把面盛起来，用碗盖上，冲他笑笑，转身走了。她的鞋子把阁楼木制的楼梯踩得吱吱作响。

她走了，又来了，来了，又走了。这次她的影子在黑暗中一闪，就被吞没了。

“会幸福吗？”他挑衅似的看着她，问道。

她说：“离开你这种人就会获得幸福。”

她的表情真坚定，像秋风一样锐利。他知道，其实她在撒谎。

他抬起手来看表，觉得视线很模糊。天微微发亮了。风里夹杂着菜刀与木板碰撞发出的嘭嘭声。离开家乡很长一段时间后，他给韩迟打了一个电话。电话那头满是嘈杂的声音，他听见案板嘭嘭作响。男人和女人的声音交错着传入他的耳朵，像是回声一样。店里的小工去叫了很久，韩迟才来。他感觉韩迟的脸上布满了细密的汗珠。韩迟说，生意做得很好，现在已有许多家分店了。他很不识趣地问："还画画吗？"韩迟沉默了。电话那头安静了很长一段时间，接着，不断传来叫韩迟的声音。韩迟说现在正忙着，改日再给他打，于是生硬地把电话掐断了。他看见韩迟手上的白色油彩消失了，取而代之的是一片浑浊的油污。

"你不是苏燕的朋友吗？"

他抬起头来，看到一个面熟的女孩。她看着他，很惊讶。她被他青紫的嘴唇吓了一跳。他想起来了，这是她的朋友。他看过他们俩照的照片。他为自己落拓的样子感觉有些羞耻。他冲眼前的女孩笑了一下，可是他觉得肌肉很僵硬。他快被冻僵了。

"你来找苏燕？她上个月就退学了，她父母把她送到国外去了。"

他想起来她临走前坚定的眼神。她说："离开你这种人就会幸福。你不过是个逃避现实的胆小鬼。"

画室老板快快地翻着他画夹里的作品，一言不发。老板耸了耸肩，把画夹放到了桌子上。他拿了一只烟叼上，把烟盒递给他。软中华。他看了看，冲老板摇摇头，说："我不抽烟。"

老板笑了笑，硕大的鼻子和眼睛挤成了一团。老板的手指短而粗，手掌厚实，和韩迟那双骨节分明的手区别甚远。据说这样的手指很能敛财。他数钱的时候，短粗的手指灵活得像个钢琴家。

"艺术家嘛，不都好抽点烟，喝点小酒什么的？"老板嘿嘿地笑着，他看见了他的深邃的咽喉和发黄的牙齿。"试试？"看他还是摇头，老板从鼻子里哼了一声，把烟盒揣回了怀里。

他的眉眼令他想起了出版社的编辑。那个编辑前额油得发亮，仅剩的几根头发像是椰子表面散乱的绒毛。他带着一种居高临下的神气冲他指指点点。他没再说什么，转身拿了画稿走出去。编辑在他身后一拍桌子站起来，冲他吼道："别以为自己了不起！我告诉你，就你的画，还有你这态度，无论到哪家出版社都是碰壁！"说到这儿，他的语气稍微缓和了些，继续道，“你只要按照我的意思改一改，不该画的不画，我就能把你打造成为一流的画家……”

他回过头，冲编辑笑了笑，随手将画稿扔进了办公室里的垃圾箱。

“年轻人，说实话，你的技术很好……”画室老板夹着烟的手翻动着他的画稿，他看见烟灰纷纷扬扬地落在画稿里女主人公的脸上，像是肮脏的泪痕。老板点点头，接着说道，“你要是能把内容改改，就像日本画那样，会很有前途。”

修改。还是修改。从开始画画，他已经不记得有多少个人跟他说过这样的话了。他们不能忍受如此直接地面对画中赤裸的世界，所以就必须修改。除此，他别无选择。

“您的意思是，让我去抄别人的风格？”

老板的脸色微微变了变，但依然保持着冷静：“说抄多难听，就像哪本书说的，这叫‘中国菜日本做法’。再说了，我的目的就是盈利，我考虑的是读者，不是你。你爱怎么样就怎么样，我管不着。可是，读者就是上帝。如果你不能这么做，那么你现在就可以走了。”

算一算时间，有多少天没下过雨了？他不知道。走在街上，他感觉到一种泥土龟裂般的干燥，皮肤被炙烤得快要开裂了。雨总是来得太迟。就像他幡然醒悟，回过头来找她的时候，却发现时间太迟了。

艺术，艺术算什么。三个大老粗一样的男人脱光了膀子，各自举着一块砖头，都自称是行为艺术。它就和街边散发的传单一样不值钱。人们接过它们，草草看一眼，接着把它们揉作一团，扔进垃圾桶。

“她还回来吗？”他问她的朋友。

朋友同情地看他一眼，摇摇头。

雪停了。该下一场雨了。

他在她所在的这座南方城市住了下来，租一间灰暗的房子，房东是个皱缩得如同核桃的老太太。老人每天帮他打扫房间，像她在时收拾得一样整齐。从早到晚他都窝在房间里画画。玻璃被窗帘遮得严实，让他分不清昼夜。只有老人把面端进来时，他才知道时间。老人每天给他煮面，默默地看着他吃。她总是给他盛满满的一碗，粗细不齐的手擀面上总卧着一个光滑的荷包蛋。

炒鸡蛋比荷包蛋好吃，他边吃边想。

徐筱雅，1987年生于广西南宁。安静，畏生，不内向。写作不勤奋，灵感来时下笔流畅，灵感去时抓耳挠腮。读书不勤奋，经常由于书中人物名字太长而放弃阅读。性格懒散，经常临时抱佛脚。死心眼，不喜欢遇到谈话时钻牛脚尖的人。（第六、七届新概念作文大赛一等奖，第八届新概念作文大赛二等奖，第十届新概念作文大赛一等奖）

第3章

黑白森林

当掩藏在浅生空白后的回忆疯狂滋长，埋没我们曾经一起走过的繁华街道。那么，你说的那些亘古，还会在黑白相间的琴键上欢快跳动吗

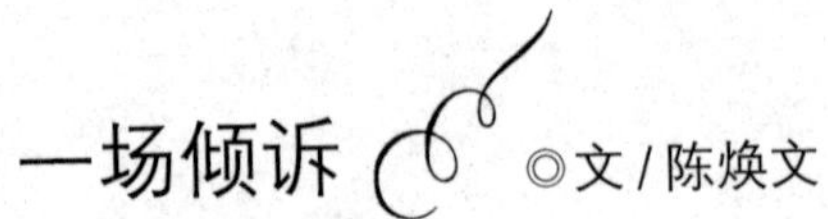

一场倾诉

◎文/陈焕文

她与我见面是在电影院。人极少，便一起坐在中间的两个位子上。

她说之所以选在此时的这部电影里，是因为这部电影闷人且安静，适合交谈。至今我竟然记不起那部电影里面的任何一句对白，甚至不知道它究竟要讲的故事是什么，虽然我尽量在看。但什么也记不住。

她说，我随着年龄的增长，再也不敢轻易地动感情了，越老越小心翼翼，惴惴不安。自己像一个盒子，越来越封闭和警戒，无法轻易开启。再久一点，恐怕连开锁的钥匙都找不到了。

我说，我也会这样，少年时像朵绽放的红莲，对周围人好，视之为朋友，付出自己的感情。然后亲眼看着绝大多数一个一个虚伪、欺骗、从未视自己为朋友、从未付出真的感情，便毫不犹豫地将之从心里剔除，并觉得恶心与自责。剩下的少数，还会被时间冲走大半。最后，只剩下那几个了。终究也只是会消失，不留痕迹。

她说，给别人的钥匙被一个个地丢弃，自己发觉时手里已经所剩无几，仔细地藏着，不敢再交给别人。慢慢地自己都忘了那剩下的钥匙被藏在了那里。感情一定是脆弱的，经不起欺骗。渐渐的，一部分人会清醒，对自己的感情把持的牢固而有分寸。那么他们，同时也丧

失了信心与热情。这是避免遭受痛苦的代价。世上没有完满的感情和内心。

我说，你是否还爱你的朋友?

她说，爱。为什么不爱?宿命关于朋友的造化，太过珍贵，他们应当是感情的接纳者与付出者。有人在后半生甚至大半生，甚至一生没有朋友，一生不作别人的朋友。这简直难以置信，他们的感情世界中什么也没有。人生本来就什么也不是，他们的虚空都还没有颜色，想想那是何等的可怕。

她打开一听在门口超市买的可乐，问我要不要喝，我说不要。她仰头自己喝了起来。这个坚硬却棱角分明的女子，我第一眼相见便知道她不可避免地要受许多挫折与痛苦。头发已经留了很长，不拘小节，大大咧咧。眼神透明而深邃，常常换戴各种廉价的玉石项链。喝饮料的时候，样子仍然像个小学生。每次丢手机，都急忙上网把我的号码再问要一遍。

她停下，喘了几口气，说，这片子我每次看都要睡着，除非与人说话，说许多的话。

我说，你如何分辨朋友?

她说，原来靠的是时间。现在渐渐有了某种感觉，能够识别与发现朋友才会具有的默契与气息，很快便可断定出来，透过假象，一针见血。不需要每天的维持与支撑，彼此从来不会真正忘记。一旦有怎样的事情出现，马上联想起那个人的面孔、气息、话语、动作。只凭感觉与默契便可以想起，没有企图没有目的，仿佛是自然的事情。她说完又问我，你害怕他们最终的消失吗?

我说，原来怕，现在一点都不怕。原来不懂，怕他们死亡、离开。自己承担悲伤与痛苦。后来知道，人人都会那样，如果惧怕这些，干脆坐地等死断绝一切行动，没有付出与回报，自身完满，岂不很好?实际上那却是绝不可能的。人会随着不断清醒而对感情把持的有分寸，同时丧失信心与热情，但是如果因为害怕消失而停止一切，那么感情、分寸、信心与热情便全部一起消失，没有任何意义了。这样的消失，更为可怕且令人苍白。

她说，你也在慢慢关闭自己，害怕受到伤害。

我说，我不会不动感情，却也是再也不敢轻易动感情了。

之后一起看了会儿电影，终于还是睡着了。

我醒的时候，她还在睡着，片子看样子是快完了。我摇醒她。荧幕开始放一串串英文名单，想起片尾曲。

我问她是否要我送她回家。

她说好，然后看了一眼手机上的时间，16：33。说她还要我陪她去音像店取订购的碟。

我说没问题。

电影院的灯光突然亮起，漆黑瞬间变白。我们什么也没看进去。

灯亮了，散场了。

仅仅完成了一场倾诉。

陈焕文，男，江苏徐州人，英文名Al Chan，天秤座。性格内敛淡定，不善于交际。写作方面个人风格浓厚。写作专一并且持久。坚信读者可以带来默契。坚信自己可以给读者带来默契。崇尚顺应宿命，现实安好，做琐碎之事亦可以获得内心的丰腴和满足。（第九届新概念作文大赛一等奖，第十届新概念作文大赛一等奖）

卑劣祈望里的死亡

◎文 / 杨晓梦

听。

那是现实与臆念相互缠绕时的决裂。

那是血液逆流撞击心脏时的破碎。

那是从褊狭光线中铺天盖地而来的巨大潮汐淹没世界时的万劫不复。

[如果。我只是说如果。]

如果。那只是一场喧哗蔓延的浮光聚会。如果。那只是一场记忆拼凑的残缺盛宴。

如果。我只是说如果。

如果。用尘埃堆砌而成的昏暗高塔。在一瞬间轰然倒塌，所有曾经闪耀甚至光亮到熠熠生辉的印记被漫天谎言撕扯成支离破碎。

文鸟暴走狂沙，梦想放逐天际。

如果。小时候花几小时在沙滩边堆起的扭曲长城被同龄孩子用脚践踏成一座废墟。掩藏在干净脸旁下的暗黑仇恨剧烈膨胀。

时间停止流转，誓言悖逆而行。

如果，如果我们穿越稠密的交集停驻于世界尽头。

那么，生命会演变成什么剧情。是荒凉的宇宙洪荒，还是灼热的耀斑扩张。

如果。我是说如果。

晦涩变为生活的背景。幻想变为凹凸的土地遭人践踏。

如果。我是说如果。

没有世界。没有呼吸。没有心跳。甚至没有生命。

如果没有如果。

当时间的指针停止匀速旋转，在生与死的班驳墙上烙出深深浅浅的印记。那么，我们起初那些浮泛于暗灰之上的信念还会存在吗。当掩藏在浅生空白后的回忆疯狂滋长，埋没我们曾经一起走过的繁华街道。那么，你说的那些亘古，还会在黑白相间的琴键上欢快跳动吗。

还会存在吗。曾经熠熠生辉的温暖。

还会存在吗。曾经停驻于心脏不愿舍弃的臆念。

有时候觉得世界就像一滩池水。生活就像肆意的杂草将整个水面覆盖。让沉在水底的我们透不过气。就像被压了千斤的重担，在凹凸起伏的道路上艰难行走却不能卸下它。

[听不到的声音。]

喂。我这样说话你们听得到吗。

我只是想说。可不可以让我也变得勇敢。

可不可以让我也和他们一样可以肆无惮忌地笑。

可不可以让我每天睁开眼睛的时候都可以看见温暖眼光。

可不可以让我不再那么爱哭。可不可以让时间停止。可不可以让他们都不要离开。可不可以让天空始终那么湛蓝。可不可以……

可不可以让我也飞翔一次，哪怕生命会因此停止步伐。

那些碎言漂浮在空气中耀武扬威。

为什么是我。为什么是我。为什么是我。

为什么是我。为什么是我。为什么是我。

为什么是我。为什么是我。为什么是我。

为什么一切都是我。

当时间逐渐步入冗长的黑暗隧道，眼球的颜色也随之发生翻天覆地的变化，先前的明亮转为压抑的浑浊，所有曾经闪耀甚至光亮铺天盖地的流年像瞬间脱轨的悬浮列车，沉闷的摔在凹凸不平的水泥路上。接踵而来，是响彻整个城市上空的支离破碎。最后，是可以穿越巨大人群直达视网膜的空白。

如果所有事都压在你一个人身上，并且你不能喘气也不能发泄，那么，你会变成什么模样，是彻底的自闭还是激烈的疯狂。

[匍匐的暗流。]

你要一直往前走，哪怕万物毁灭生命干涸也不停止脚步。

寒流在头顶上空形成一个巨大网线。“轰”的一声笔直下落，然后笼罩大地。

每天都生活在白色大雾中，从早到晚甚至寂静的凌晨，雾都以一种悬浮的姿态将整个城市淹没。

也许会有微小的惭愧。但这种惭愧之心产生的前提是我可以不用在家庭状况一栏里留下令人痛心的空白。

有时候真的很想对自己讨厌的人恶语回报。

讨厌的人 = 只会在背后议论别人。

讨厌的人 = 破坏一个完整的家庭，硬生生挤进一个不属于她的位置。

讨厌的人 = 自己。

照镜子的时候会用手猛烈拍打镜面。或者操起水池边的水杯泼向镜中的自己。透明的细小水珠被迫停止前进，受到阻力集体向后运动。

然后利落的撞击身体。

在听到那些自己讨厌的人说“哎，我好想你”、“哎，如果你在我面前就马上拥抱你”等诸如此类的虚假言语后，原本想冷言答复的我还是重蹈覆辙的步入和他们同一路线的轨道。

嗯。我也很想你。

嗯。我也会紧紧拥抱你。

短暂的窒息，来不及恶心就突兀的挂掉电话。自言自语。你真他妈令人作呕。

[时光消磨。]

用时间排列而成的巨大幻影将哀艳氤氲。

尽头，在哪里。

渐渐习惯大堆信封中不再有自己的名字。渐渐习惯荷包里的手机不再频繁震动。渐渐习惯四周安谧得如同与世界隔离一样。渐渐习惯身边改变的一切。

那些我曾经视如生命般宠爱的一切。

其实先前那些所谓的“一百年不变”“直到永远”只是众多傻子一齐排演的荒诞剧而已。还有那些“会一直记得你”“会一直想念你”也是被人当做垃圾丢掉的废品一样。

就是这样的。规律保质期过后，所有都会沉浮不见。不管你曾经是怎样的将它怀揣在心中，不管你曾经是怎样的害怕失去它。

我们都穿着鲜艳的小丑服装，带着滑稽的大鼻子。在偌大的舞台上来回蹦跳，希望自己的表演能取悦别人获得一丝回报，哪怕只是一个微笑那么渺小。但就是这样渺小到尘埃般不起眼的索求却始终被人遗忘。最后，终于停下疲惫的身体，抬头望向观众席。

空场。

[生路。死路。]

生活是无法用语言来描述的。至多也只能用词来代替。

比如扎心。比如卑劣。比如逐渐消亡。

为什么在静谧的课堂上才敢捂着脸轻声抽泣。

为什么在厚重的刘海下才敢抿着嘴显露悲伤。

强迫自己融入现在的生活。

从起初的第一排辗转到教室的通入口——第一组第一排第一个。令人头疼的方位，就算只是想撑着下巴睡会觉都会觉得困难。老师站在讲台上只要稍微偏头就会看见你，总是在一组和二组间的空隙处来回走动，偶尔还会在满脑只有床的你身边停下看你的作业，以至于你必须随时保持清醒，整整 45 分钟握着笔在 Notebook 上复制黑板上密密麻麻的字。

这样的位子，如果安排一个单纯只想学习的孩子，那也许是一种赐予。

但对于我这样偶尔熬通宵需要睡觉或者会写文字的人来说，应是一种束缚。就像被时光机器约束着，它时刻在你耳边嘀咕。这个不能干，那个不能干。如果稍有差错就会减少你仅存的记忆。坐在那里唯一的好处就是中午阳光会透过头顶上方的玻璃照射进来，跌落在课桌上将整个上午的晦涩全部洗净。

全班一起看电影，是钟欣桐的《第十九层空间》，标志性的惊悚片名。不出所料，开头便让全班尖叫。

是一部很明显的意念剧，没有过多的恐怖场面，反倒是思维间的转换更多。大概是这样一个意思，只有将心中的恐怖消除了才能幸福生活。落俗的剧情，但其中的几句台词却也值得回味。

当春雨问文雅为什么不停止玩地狱游戏时，文雅说，因为在那里面，每一步都是自己的选择，没有人来强迫你。

还有一句，其实每个人都在走一条自以为是生路的死路。

[浅生的空白。]

秒与分。分与时。时与天。天与季。季与年。

那些互相缠绕的光阴，编织成紧密的线网做好随时掠取回忆的准备。

持续几天的阴雨天气，几朵铅色的云像是雕刻在天空中的印记，久久不肯褪去。撑着蓝色的伞在街上行走，低头看脚与地面触碰时溅起的水花。有时会不小心踏进水坑将鞋子浸湿，于是步伐变得沉重起来。

有没有想象过这样的情形。第一次自己洗帆布鞋，坐在卫生间里使劲刷鞋子，拿起漂白液却想起她。站起身看布满整个池边的东西，发现所有一切都是由她打理，包括挂在墙壁上的卷纸也是她买回来的。于是胸口开始像气球一样膨胀，然后“啪”的一声炸裂。

一只手捅在鞋子里面撑着地面，另一只手拿着还沾有白色泡沫的刷子。来不及关的水龙头涓涓的流着，眼泪也汩汩的流着。是这样滑稽的场面，急促的呼吸和喘气声。

突然就出现的回忆。

我坐在客厅的沙发上看电视，你在厨房里做我最喜欢的鸡蛋西红柿汤。

我和你在同一张床上盖同一条被子，我悄悄的对你说学校的事，你也悄悄的听我说那些无聊。

一起看娱乐节目，说着某个明星最近又怎么怎么样。

下雨的时候去学校接我，带着我最讨厌的棉袄说，很冷快穿上。

其实我只是很单纯的想起而已，没有过分的想回到过去也没有痛苦到撕心裂肺，只是想起那些画面，那些你把嘴巴咧的大大的或者皱紧眉头的画面。

[冗长年光。]

说了几万次。问了几万遍。

还是没有得到回答。

为什么是我。

世界那么大。为什么一定是我。

好吧。我承认我只是不想让曾经属于你的位子被别人抢走。我只是不想除了你以外的任何人替我收拾衣服。我只是不想那张我们一起睡过的床出现别人的味道。我只是不想在门前看不见你的拖鞋。我只是不想再也吃不到你做的饭菜。我只是不想没有人在我迟到的时候给老师打电话说我感冒。我只是不想没有人来偏袒我。我只是不想没有人站在门口等我回家。我只是不想你拖着巨大的行李消失在我的世界里。

真的只是这样而已。

如果有一天，死亡不会再有疼痛并且不会对身边的人造成伤害。

那么我会义无反顾。

杨晓梦，笔名呛小司，1992年5月出生于湖北，低调的文字工程师，喜欢在凌晨写东西，从不写故事，只写自己的生活。担任“榕树下”一流涧水社团编辑。（第十届新概念作文大赛二等奖）

南方往事

◎文 / 徐筱雅

他醒来的时候屋子还是一片漆黑。两张床并排放着，屋子看起来就像是停尸房。兄弟在隔壁的床上睡得呼呼作响，使得整个屋子里氤氲起一股带有人体味道的暖气。时钟不紧不慢地走着，规律的嗒嗒声和自己略微沉重的呼吸交融在一起，这使得他觉得自己的呼吸也愈发地变得有规律了。他一直以为自己的呼吸是浑浊而混乱的，就如同那个遥远南方城市里，每个秋日清晨都蒸腾的一层浓雾。

他坐起来，忍不住打了个寒颤。直到现在，他依然无法改掉那些随他共同北漂的习惯。时间已经是十一月了，在这个北方城市里，人们早就换上了冬装。南方呢?南方的这个季节，天气依然热得出奇。姑娘们走在街上，露出白花花的手臂。街上呈现着一片耀眼的光泽。她们从他的身边走过来，走过去，白花花的、修长的手臂如同流水一样在他的心里流动着，那真是一幅赏心悦目的图景。十一月，阳光不再那么耀眼，而是柔和温暖地洒在路人身上。那是一种类似于母腹的柔软。而在这里，他能听见的，只有窗外呜呜的风声。玻璃窗被风吹得嘭嘭作响，似乎窗栓都要拴不住了。那样剧烈的震动声使他仿佛看到自己的窗户被刮跑了，随着盘旋的飓风一同上升，接着咣当一声摔在地上，变成支离破碎的残片。

他伸出手去，在床头的桌子上摸索着。他拿到了一个火机。他用拇指拨动了几下，火机的滑轮在安静的环境中嚓嚓作响，冒出瘦弱的星点火光。它们始终没有变成他期待的火苗。他裹着被子下了床，踮着脚走到窗边，掀起遮光窗帘的一角。窗外已经微微发亮了。巷子里的女人们弯着身子忙碌着，整齐而有节奏。她们像是事先训练好的一样。巷子里蒸腾起一层朦胧的雾气。他把窗子打开一条缝。风里送来微微的果子香，还有煎饼上青葱的味道。油嗤啦嗤啦地响着，劈哩叭啦在油锅里蹦着，然后跳到锅外去。巷子里的人们在卖早点的小摊前面排起了长龙。这条长龙从摊口一直向后延伸，直到巷子的尽头。拥挤的人们缓慢地攒动，他们呼吸的雾气和各色餐食所散发的热气混合在一起，热腾腾地向上攀升。

他从来不需要如这些人们一样早早地起床去等着买早餐，女房东的老妈子早早就排到队伍之中去了，他看见了她皱缩的脸。这是一个皱缩得如同核桃一样的老人。她的五官和脸皱在一处，像是一片千沟万壑的黄土地。他不知道这个老人和年轻风骚的女房东之间的联系。有时她用粗鄙的话冲着老人大吼大叫，老人从不反驳，就如同多年以前封建大家的女人一样，自甘命运，从不挣扎。有好几次，女房东尖利的叫骂声让他禁不住想要冲上前去，然后狠狠地给她一个耳光。可是，当他站在离她相隔两三米距离远的时候，他的底气一下子全都散去了，如同突然碰触到钉子的皮球一般。

他已经接连两个月的时间没有交房租了。

这座北方城市干燥得令他恐惧。这是一个截然不同的世界。那个千里之外的南方城市里，时不时飘着淅沥的小雨，它们持续的时间不长，但要比一滴水也看不见好得多。整个城市四季都充满着艳绿的色彩。湿润的气候让他感觉脸上布满了水气。而这座北方城市总带着混沌的色彩。在有风的天气里，这个混浊的城市扬起厚重的风沙，漫天漫地地袭来。天总是阴沉的，风像利刃一样划过他的脸。整个城市充满了泥土的生硬味道，它在黄沙中浮浮沉沉，让他感觉，也许有一天它会被深深地埋在肆虐的风沙底下，就如同过往的辉煌王朝最终还是要回归黄土一样。

他穿起衣服，抱起琴，到练习室里去。因为没交房租，暖气已经断了。没有热水，他也不愿意洗漱，直到中午时天气开始变得温暖，他才会匆忙地擦一擦脸。谁会介意他的这张脸呢。他感觉无所谓。

田小桃早就在练习室里坐着了。这个姑娘是兄弟带过来的。她第一次看见他，就把自己的眼睛睁得尽可能的大，似乎要把他的过去以及将来一次性看清楚。他觉得她的眼睛，像是一对缩小了的探照灯，带着晃眼的亮光。他不习惯甚至厌恶被别人这样注视。于是，就在她的灼烈目光的打量下，他白了她一眼，径自走到里屋去了。兄弟和田小桃在外屋里高声谈笑着。她的笑声高而尖锐，一起一伏，让他感觉上不来气。

田小桃临走的时候，从屋子外面探出个脑袋。她身上的味道也随着门的敞开而飘了进来，太浓烈。他手忙脚乱地收拾起来，为屋子的邋遢而感到有些羞耻。田小桃呵呵地笑起来，说："我要走了。我明天再来，等会你再收吧。"

他愣愣地看着田小桃一跳一跳地走远了。他觉得，她的话里带了一种可以无限延伸的可能性。于是到了后来，田小桃顺其自然地成了他的女朋友。

她坐在练习室的一角练习用键盘给他配音乐。田小桃的脸尖尖的，眼角往上扬，笑起来带着一股小狐狸一样的促狭气。她的裙子总是很短，并且贴身，这样的装扮帮助她勾勒出一个诱人的线条。看人的时候，她总是挑起眼睛。这时候，他总觉得有一种混合着尼古丁的香水味弥漫上来。它们像烟雾一样紧紧包裹着他，让他感觉喘不过气。可是，她不是这个样子的。她和田小桃是是完全相反的两种人。

田小桃的眼睛挑了起来，笑着说："等什么时候我能和上你了，我也老了。"

他愣住了。类似的话，好像谁对他说过。

一个若有似无，却又在他身后不远地方静静站着的姑娘。她带着笑意看着他，一闭上眼睛，她的身影就开始后退，最后成为一个瘦弱的黑点。在黑暗中，她留下了一对明亮的眼睛。从这对眼睛里不断渗出的积水，流经她的脸颊，她的脖子，她的清晰的锁骨，一直扩展开来，留向他的心里，留下一片潮湿的水迹。面对他的时候，她总是微笑的，像是晴天下一朵明朗的云彩。或许，这个时候，他更需要一些潮湿。北方干燥的天气让他感觉心里发慌。

分手前他给她打了一个长长的电话。可是她几乎一句话也没有说。她像往常一样沉默着。他已经厌倦了她这样的沉默。她什么都不说，每次都把话放在心里。她不觉得遗憾吗？人们只有相互沟通，才能知道彼此的需要。她不说话，谁知道她心里究竟想的什么。他原以为，也许提出分手，她会说出一两句依依不舍的话。可是就连这个，也销匿在她的心里，在言辞上留下一片空白。这样的状况使得他也感觉手忙脚乱了。分手这句话，直到现在，他也想不起来究竟是如何说出口的了。她的沉默，第一次在他的脑海里留下了深刻的烙印。

她说："你要说的，就是这些了吗？"

他被她冷静的语气吓了一跳："嗯，等等……好好照顾自己。"

她笑了。她的笑容会是怎么样的，他想象不出来。是因为痛苦到了极点，所以才选择笑吗？他没有机会问她。她的笑声，像是抽血后没有按好的针口，在他的脑海里留下了一片瘀青。

沉默了片刻，她说："当我追赶上你的时候，或许我已经老了。"

一连串急促而苍白的忙音。他站在插卡电话旁边，愣愣地把电话挂上。结束了。结束了吗？他很快又抄起电话，给她打了回去。可是这次，她关上了手机。妈妈说有时候她会去看她，但是，从来不提起有关他的任何字眼。

妈妈总是带着很遗憾的口吻说："多好的一个姑娘……"然后再也不接下去。

后来，有关她的消息越来越少，她毫无预兆地消失在了人海之中，被淹没了。

他头一次感觉到一种说不出来的落寞。自作自受。有一个声音在他心里说。是的，自作自受。他苦笑。

田小桃停了下来，眼睛一直打探着他。她似乎要从他的笑容中知道些什么。“我从你的眼睛里看到另一个女人的影子”，这是她常常说的话。他稍稍感到一些安慰。她消失了，但是住进了他的眼睛里。

“我在你的眼睛里……”田小桃这么说。

他打断了她：“闭嘴。”田小桃有些委屈地看着他，也许她希望从委屈的表情中得到他的一点点怜惜感，但他丝毫没有察觉。有些时候，他感觉厌恶田小桃，尤其是她的眼睛。她的眼睛里总是充满了带有穿透力的光，似乎什么东西在她的面前，都会变成如同初生一般的赤裸状态。与此同时，她还带了一颗与眼神相互配合的、没有止境的好奇心。这样的好奇心让他感觉疲惫不堪。

他看了田小桃一眼，拿起衣服，打开门，向楼顶走去。

这是个空阔的屋顶，粗细不齐的晾衣绳相互交织，像是纠缠不清的人的命运。每天，在某个不固定的时刻，总会有一个姑娘端着一个红盆子在这些密密麻麻的电线之间穿梭，麻利地将衣服晾到上面去。她的衣服似乎永远是白色的，白色的裙子、上衣、内衣。她的模样和她盆子里的衣服一样一成不变。她的头发简单地束成一个马尾，脖子下的锁骨在吊带白裙的衬托下更显突出。她总是踩着一双木底的拖鞋。在有阳光的天气里，它们和天台的水泥地板发出啪哒啪哒的声音，和着地面潮湿的积水，发出凝滞的声响。那一长串湿漉漉的脚印踩在水泥地上，也踩在了他的心里。

风呼呼地吹着。站在楼顶上，几乎可以看清楚整个城市。他看到不远处那幢明亮的高楼，那是这个城市里最耀眼的一家商场。去年过年的时候，他和兄弟一起到那里去买衣服。他走进去，一股暖气迎面吹来，随之而来的还有一种深刻的格格不入。柜台的小姐面带微笑地

向他们介绍着，他们却在匆匆看了价格之后落荒而逃。他们的生活，在这里，与世界划上了一条无法逾越的鸿沟。或许从一开始，他们不应该到这个地方来。这是一个不属于他们的城市。

他有点怀念南方潮湿而阴冷的冬天。屋子里没有暖气，时刻腾升起一股浸入骨髓的湿气。那样的天气能使他保持清醒。他想给妈妈打一个电话。他想起小时候她陪着他放风筝的情景。那是一片广袤的草地。风一起来,风筝也飞起来了。那个风筝有多大,把妈妈的脸给遮盖住了。远远看过去，像是妈妈也要飞起来了。如今，这个苍老的女人肯定不能和他一起飞了，她也不能和他一起热泪盈眶了。她再也没有足够的承受能力。她是不是对儿子很失望？他也没有机会问。或者，他没有勇气问。

十一月了。他已经记不清楚这是他来到这里的第几年。那些细腻的计数在他的脑里如同省略号一样，一直往前延伸，永远没有尽头，直到忘记了起点。他连起点也找不到了，还费心思去在乎终点干什么。

走在街上，他再也不会去在意路人鄙夷的目光。他带着幸灾乐祸的心情去看自己走的路，觉得很滑稽。人们永远无法理解他们的选择，是因为他们和世界隔离了，活该不被理解。他冷笑着想，是他们抛弃了世界，而不是世界抛弃了他们。

他突然觉得很无力，尽管曾经，他以为自己无所不能。

十一月了。这是秋天的终结。等冬天来临的时候，城市里会自然地下雪。它们铺天盖地地奔赴而来，覆盖在土地上。也许只需要一个夜晚的时间，整个世界就变得干净而明朗。只有这样，才能掩饰邋遢的一切，还给世界无暇。

他期待着这场雪的来临。

（作者简介见《春末的南方城市》一文）

凉山

◎文 / 林培源

黄昏的时候我坐在一垛干草上面仰望天空。干草堆柔软舒适，让我流连忘返。每到这个时候我总是莫名其妙，我像一个无人管教的孩子，从日薄西山一直坐到夜色降临。从我坐的地方可以居高临下地看到临水街上的一草一物。挑煤老人从黄昏深处走来，他光着膀子，浑身黝黑。橘黄色的夕阳将他的身体轮廓清晰裁剪出来。

头顶有黑色鸽群飞过，它们张开翅膀，滑翔、盘旋，在我视线里起起落落，充满了诱惑的美感。我低下抬了许久的头，微微发酸。恰好挑煤老人慢慢移近我的视线。我眯起眼睛看他走来，煤屑从担子里撒落，弥漫的、灰蒙蒙一片，我捏紧了鼻子，不敢大口呼吸。

我看了一眼老人瘦弱的肩膀，然后跳下干草堆，一蹦一跳，逃回了家。

这应该是我童年黄昏中的一个，平淡无奇得就像以往流逝在我生命里的无数个黄昏，我渴望它能发生点故事，最好能让我的生活起点波澜，不再枯燥无味。可是天空晴朗，万里无云，母亲告诉我，暴风雨来临之前应该是乌云密布的。但此刻，我抬头，只见天空辽阔高远，什么事也没有发生，或许风雨还躲在某朵云的后面吧。我这样安慰自己，好给自己平静如水的生活找一个勉强的借口。生活本该有一些借口的，我们总是这样，让借口蒙蔽日子，就像让灰尘蒙住了陶器一样。一段漫长的时间过后，重新打磨，却发现原本熟悉的生活已经不是原来的样子。这样一个冠冕堂皇的道理，是我在经历了一段梦魇之后得出的。这样一个梦魇，始于临水街重复而单调的生活。

有很长的一段时间，临水街的生活节奏慢得像生了锈的钟表，看似没有停止运动，却走得生涩。临水街上的每一个人，似乎表情都是僵硬的。我很少看到人们发出爽朗大声的笑。每一个人总是沉默，不管是阴天还是晴天，即使是隔三岔五出现在临水街上卖粿汁的小贩，他们职业性的吆喝听起来也像被什么隔噎着。抵达我耳朵里的那些声音过滤了一重又一重，最终成了某个午后慵懒的曲调。但是，我所熟知的那个挑煤老人却不是这样，他并没有发出任何惊天动地的声音，可在我听来，扁担摇晃发出的细微声响却令人着迷。它契合了某种旋律某种节奏，摇晃着我的黄昏我的蠢蠢欲动的心。我看到他每天劳作，扁担韧性极好，两头的竹筐里装满了码得齐整的煤块，随着走动，煤块微微晃动，煤屑便会因此稀稀拉拉地掉落下来。一直以来我都有这样的幻觉，我总是拿这些黑色煤屑和家里装在布袋里的面粉作比较，我觉得，煤屑说白了就是染黑的面粉。

我问母亲，为什么煤屑看起来像是黑色的面粉？母亲戳了戳我的脑袋，笑我说，小孩子净问这些问题。她没有给我任何实质性的回答。顿觉扫兴，于是我托着下巴继续冥想不着边际的问题，可任凭我怎么想也想不出结果。倒是灶上袅袅的炊烟香气吸引了我。我饶有兴致地拿起盛饭的长勺，饥肠辘辘让我中断了思考，关于煤屑和面粉之间复杂的问题。

但我忘不了那个老人，在我有了记忆的那一刻起，挑煤老人就这样一言不发地挑着担子，走过我的白天，我的黑夜，我不知道他最终会走向哪里。

他在我印象里是黑色的轮廓，不管有没有阳光普照，煤的印象重叠在他身上，给了我无限的，混乱的、关于黑色的恐惧想象。

后来这个黑色的印记走进了我的文字里，在我试图用文字去记录发生在这个老人身上的故事的时候，我的眼前浮现出来的，竟然是大朵大朵纯净的黑色，它们像一个又一个的印戳一样，被时间的双手重重地盖在我的单薄的生命里，然后残忍地告诉我，日期已经过了，我再也不能把写好的信寄出去了。我在这封信里，写了一个发生在临水街上的故事。原谅我这个不会讲故事的人，我的语言总是混乱不堪，思想也是浅薄粗陋。我不知道我的表达是否恰当。是否能让你透过那些纷繁的假象去窥探这个发生在大千世界里的平凡故事。

这个老人是固定出现的一帧影像。他走过我的黄昏，挡住夕阳的最后一抹光，然后消失在临水街的拐角。因为他常出现，我已经司空见惯。我以为他会这样一直走过临水街，一直走在时间的隧道里，走在我被夕阳切割的视线里。可是有一天，他却突然消失了，就像挣脱线飞出去的风筝，我看不到他了，我什么也看不到了。

什么也看不到让我感到无比沮丧，我想起以前，心爱的玩具丢失了，我并没有感到多大的沮丧，可是看不到熟悉的面孔，听不到熟悉的曲调，我的心却空荡荡，成了被洗劫一空的蚁穴。汩汩往外冒着的，竟然是无处安放的忧心。

那一天，我拉住将要出门的母亲。我问母亲，老人不见了？

母亲疑惑地看了我一眼，问我，你说……谁不见了？

挑煤的老人。

我那时候个头并不高，站起来顶多只到母亲的胯部位置。母亲低头，恰好可以看见我的脏兮兮的脸，她伸出手替我抹了抹脸。然后问我，他去哪里了？声音关切。

我的前一个提问，母亲并没有回答，或许她的心思并不在这里。但是我分明听到她在自言自语道，人老了，都糊涂了。我不知道母亲究竟是在说自己还是在说老人。我的母亲一点都不老，我的母亲很年轻。但究竟，是母亲糊涂了，还是老人糊涂了？

那段时间，我纠缠着母亲，硬要她告诉我关于老人的去向，我不知道自己为什么这么顽固，老人的生命其实和我没有多大的关联，如果采用比喻来描述我们之间的关系的话，他不过是每天路过我天空里的一朵云。可奇怪的是现在云消散了。我觉得自己的天空一下子空荡荡，一下子无法适应。

我被老人的下落搅得心烦意乱。每天四处打听，母亲说，小孩子，不要问太多。

我开始无理取闹，那你还告诉我。

我没有告诉你，我什么时候告诉过你了。

你就是告诉我了，老人去哪里了?

都跟你说他不见了，我也不知道他去哪里了。

最终，我们的对话被悬而未决的疑问终止了。我看着母亲挎着一个篮子走出家门，消失在晨曦铺撒的街角。

在我很小的时候，我就有这样一种强烈的感受。每一位母亲都是如此奇怪，她们撩起你的好奇心然后又迅速地把幕布拉上，她们郑重其事地告诉你，不许看。不许看。

但我不甘心自己窥探未知的好奇心被阻挠，我发誓，我终会知道那个老人的下落的。这是我小小的童年里始终绕不过去的一个门槛。我站在门槛的这边臆想门那边的景象。无数的声音和无数的脚步踩踏这门那边的世界，我突然发现，自己已经迷上了这样一个侦探式的追问。

我问过路人，挑煤的老人去了哪里吗?你们知道吗?

你说什么，什么挑煤的老人，我没有见过。

告诉我，你一定见过的。

小孩子瞎说什么，我真的没见过。别挡住我，我要过去。

我站在临水街上拦住过路人，我的纠缠不清最终被母亲发现了，她把我拖进屋子里，捏我的脸。她很用力，一边捏我的脸还一边教训我。

没出息的家伙。

我不知道她是不是在骂我，我只感觉到脸颊很疼，疼痛一直蔓延到了我的牙龈。

我以为老人真的就像水一样消失在沙土里了。可事实并非如此，那一天，我怀揣着一包瓜子去敬老院玩，敬老院就在临水街的尽头拐角处，它也像我们临水街一样，临着一个大大的池塘。我坐在敬老院的长椅上一边嗑瓜子，一边看着老人们下象棋。老人们身上发出来的特殊的味道弥漫着一方小小的角落，我一颗接一颗磕着瓜子，咔嚓咔嚓的声音富有节奏。那时候我不知道象棋怎么下，但我就是喜欢看热闹，对于一个整日无所事事的孩子来说，任何挑战本身就有巨大的诱惑力，更何况是象棋这样斗智斗勇的游戏。象棋的诱惑力伴随我度过了童年里那些恍惚摇曳的旧时光。我看到对弈的两个老人各怀心事，旁边站着看棋的人，七嘴八舌。并没有人注意到我的存在，但我对他们说的每一句话都兴致勃勃。

我也不知道自己是怎么知道那个老人的消息的，敬老院里乱糟糟一片，有人抽烟有人打牌，有人胡乱地说着什么。我听到人群里有人高声说道，你才知道？那老头杀人啦，进监狱啦！

我不知道自己在听到这个消息时，心里是什么想法，我停止了嗑瓜子的动作，侧着耳朵，想听清楚更多关于老人的消息，可是我什么也听不到，消息被更加喧闹的声音淹没了。我的心里像是堵塞了一团棉花。老人的死像是一盆冷水，浇在了棉花上面，使得它搅成黏糊糊的一团，让我闷得慌。

消息来自敬老院，我相信不会出错。那天回家之后我像炫耀什么似的对母亲说，我知道啦，老人被抓了。说完我就盯着母亲，我想看看她听到这个消息之后是什么反应，我想以此来报复母亲一贯的守口如瓶。

母亲皱了皱眉头，蹲在我面前，用手摸了摸我的脑袋，问我。

被抓了？谁告诉你的？

他杀人了。

母亲的眼里闪过一丝惊讶，但随即她就转过头，自言自语了一声，居然杀人了。这什么世道。

在我们临水街，“杀人”就像天方夜谭一样，是一件陌生的事情，我们这里风平浪静，除了偶尔死一两个老人之外，临水街上没有任何关于暴力以及血腥的故事。这里的人们虽然沉默多于说话，但是人们给我的感觉总是亲切的。时间缓慢流过我所处的这个世界这条街。池塘里的水草一季一季地生长，池塘边的柳树扬动着青翠的枝条，我所面对的是一个安宁且清净的世界，多年后我在初中的课本里读到了陶渊明的《桃花源记》，其中有这么两句让我印象深刻：阡陌交通，鸡犬相闻；黄发垂髫，并怡然自乐。这两句简洁有力的描述穿越时空，成为我现今回望童年生活过的临水街时引以为豪的语句。

长大后我甚至怀疑，是不是我单纯幼小的心所局限，以致我蒙蔽了双眼，并没有看到更多阳光背面，隐秘的阴影。岁月让我们变得沉默，没有人再去讨论干涩的昨天、迷蒙的今天，以及未知的明天。这是一件多么可悲的事情。

至于他为什么杀人，于我却是一个不解之谜，我打算将自己的头浸入这片陌生的水域去探寻故事的端倪，可是除了冰冷的一片之外我什么也看不到什么也感觉不到，这个消息像一块半生不熟的牛肉，嚼之无味，弃之可惜。我无比沮丧。好端端的为什么要杀人。他平时挑着担子路过我家门口，并没有什么异常。为什么会杀人呢？

我以为故事就如此告一段落，剩余的那些猜测和担忧交给警察去处理。这是一条河流，从源头开始流淌，注定了它必须绕过我们好奇的眼睛里然后才能更加顺畅地往下游奔流。那日，从山上下来的砍柴人这样神秘兮兮地重复一句话，你们知道吗？我听到半夜里有人叫了一声。

临水街的人们在他的描述里听到了那声足以把整座山都震动起来的尖叫，满山的荒草和树木在叫声中受了惊吓，瑟瑟发抖。那时候秋天渐深，露水浓重。尖叫声成了划破夜空的火焰，瞬息照亮了黑暗中的群山，与此同时，也照亮了一直自认为事不关己高高挂起的众人。

那声尖叫，来自一个叫做彩秀的老婆婆。砍柴人说，他熟悉那声音，虽然平时没有听过她的尖叫，但是山上只有她这么一个老人，即使那声音变了形，严重扭曲，他也认得。

彩秀老人是个寡妇，砍柴人常常在她的小屋里喝茶聊天。那是一栋古旧的竹屋子，是山上唯一的一座房子。彩秀老人的丈夫死后，她和一个女儿就一直住在那里，管理半山腰的一片茶园，几乎我们整条临水街的茶叶都来自彩秀老人的茶园。莲花峰得天独厚的自然条件孕育了优质的茶叶，用这些茶叶泡出来的功夫茶入口留香。喝茶，已经成了我们潮汕人饮食起居里不可缺少的习惯。生活在临水街的人喝着彩秀老人种植的茶叶，度过了一段又一段悠闲和繁忙的岁月。我没有见过老人，但我隐约觉得，彩秀老人应该有着和茶叶一般的馨香和亲切。根据砍柴人的描述，彩秀老人年轻时长得真叫一个漂亮。如果将时间往回拨，一直拨到彩秀老人年轻的时候，你会听到关于彩秀老人的种种溢于言表的赞美。

乡邻四里都夸她是仙女下凡哪。

砍柴人神气活现地对好奇的街坊说，他手舞足蹈，仿佛彩秀老人此刻已经返老。我无法看到彩秀老人年轻时的模样，我只能根据自己浅薄的推断来试图复苏她的容貌，那时候《新白娘子传奇》正热播，赵雅芝饰演的白素贞给了我极深的印象。所以我一直在主观上认为，年轻的彩秀应该就是剧中的赵雅芝。

砍柴人那时候已经很老了，他回忆起年轻的彩秀时，眼光熠熠生辉，他的黑浓眉毛一挑一挑，街坊们仿佛在他的讲述里亲历了一次时光倒流，目睹了彩秀老人年轻时的美貌。在我们临水街，他是最后一个砍

柴人了。那时候已经很少有人烧柴火，许多人家里购置了煤炉，有了煤炉就需要煤。我想，挑煤的老人大概就是在这个时候出现的吧。就像乱世成就了英雄，工业革命催生了蒸汽机一样，顺着临水街的历史潮流，挑煤老人应运而生。

看样子，砍柴人和挑煤老人之间，似乎隔着一条无法跨越的轨道。有人买煤，势必就会影响到砍柴人的生意，尽管那时候，几乎没有人会去买砍柴人砍来的柴。几十年如一日，砍柴人固守着靠山吃山的传统，不肯善罢甘休。我不知道是不是砍柴人故意捏造的事实。原本只是千丝万缕瓜葛的两个人，如今，彩秀老人的死让他们有了直接的关联。

派出所的警察展开了调查，山上封了路，彩秀老人居住的房子被围了起来。彩秀老人四十岁的时候才生下一个女儿，那时候她的女儿已经在我们镇上的高中就读了。我见过这个长我好几岁的姑娘。从山上到镇中学需要经过我们的临水街，我时常看到她骑着一辆淡蓝色的自行车穿街而过，洒下一串风铃般的笑声，她遗传了母亲的美貌。她在学校听到母亲去世的消息，悲伤得无法控制，一度晕倒，被同学背到校医务室。我猜想她哭泣的样子，一定像是古诗里面描写的那样，“梨花一枝带春雨”。

砍柴人被叫到派出所录口供。我没有到过派出所，但我听别人说，砍柴人被审讯的时候，他眼里充满了惶恐。派出所的审讯室灯光幽暗，四面墙壁在潮湿的天气里看起来脏兮兮的。砍柴人那段时间被彩秀老人的死搅得忧心忡忡，他一想起曾经和他对坐，喝茶聊天的大活人一夜之间就奔赴了阴曹地府，心里发慌。他的一双红肿的眼睛肿得像荔枝一般。道听途说的消息，竟也会让我身临其境。

警察递给他一杯热水，喝了一口水之后。他才哆哆嗦嗦地说，彩秀死了。

在幽暗的灯光下，砍柴人的喉结一上一下。

我们知道她死了，我们从尸体上看到，她是被人从背后用柴刀砍死的。你知道是谁吗?

警察循循善诱，想从砍柴人的口中套出更多的线索。

我不知道，我只听见她尖叫了一声。

叫了一声?

嗯,那晚我背着一捆柴正要下山,突然就听到她喊了一个人的名字。

你知道那个人是谁么?

是村头挑煤的老头。

你确定就是他。

砍柴人点了点头，没错，他的名字是叫陈福生吧?

……

这是我零零碎碎从别人口中听来的，关于那晚审讯室内的对话。这样的对话像往后我从侦探电影以及无数的警匪片里看到的情节一样大同小异。可能因为它就发生在我的身边，距离如此近，近得让我毛骨悚然。我变得更加胆小怕事，每天像是老鼠一样神经兮兮。我闭上眼睛就会看到满身的鲜血，氤氲开来的鲜血像是雨季里，满地糜烂的紫荆花。

彩秀老人死了，原本平静的临水街变得聒噪不安。茶余饭后，大家开口闭口都是这件无头公案。

我问母亲，我们这里有没有包青天呢？那段时间，电视上播放的不是包青天就是白蛇传。我每天吃完晚饭都准时搬一把凳子守在我家那台熊猫黑白电视前。我于是天真地以为，在我们镇上，一定有包青天那样明察秋毫的人存在。只要有他的存在，那么这个案子就会有水落石出的一天。我把这个希望寄托在了派出所的警察身上，我的希望正是大多数临水街人的希望。我们都渴念这件事早点了结，好让生活重新归附原来平静的轨道。

夜里我常常无故醒来，醒来后便盯着黑洞洞的天花板。母亲知道我被这件事情吓怕了，夜里便搂着我。我一醒来，她也睡不着，她抱着我的头，把我埋在她的怀抱里，轻轻地拍着我的背，安抚我早点入睡。我闻着母亲身上的特殊味道，就像幼童时代沉浸在奶香中那样，慢慢进入梦乡。

故事的河流继续流淌，急流险滩，这些都成为那段时间我对临水街遭遇的印象。临水街的人们一天又一天被这件事笼罩着，他们谈论着案子的进展，鸡毛蒜皮的事情也谈得津津有味。福生老人被拘留起来，作为犯罪嫌疑人，他被迫中断了他的卖煤生涯。临水街并不是每个人都幸灾乐祸，何况福生老人并没有做过什么对不起大家的事情。有人去过派出所里探望老人。几日不见，福生老人明显衰老了，岁月的痕迹凸显。那时候临近深秋，福生老人穿着一件蒙着灰尘和煤屑的棉衣，棉衣裹着他瘦弱的身躯，他好像哭过，眼睛充满了血丝，嘴角哆哆嗦嗦，在老年时代遭遇这样的事情，按我母亲的说法，这世道真的乱了。

我们木棉镇的派出所说穿了就像是一个名存实亡的摆设。警察们无所事事，每天开着摩托车在镇上呼啸而过。但有个例外，镇上每年一到春节，就有大批人聚赌。在榕树下或者木棉树旁，随意拉开的一块太阳布顶着一方小小的天空，树下摇骰子、下注的、赢钱的、输钱的，吵吵闹闹。派出所有义务清除这些赌摊。但是往往是背后勾结，他们装模作样执行任务，但其实已经事先通知了庄家。庄家给他们一点好处，等到他们的警车一到的时候，树下已经空空如也了。这便是派出所典型的办案方式，有钱能使鬼推磨是不变的真理。但是这次，关于福生老人的案子，木棉镇的人断定，即使他否认罪行，最终也难逃一死。因为人们知道，派出所并不想在这件事上花心思，倒霉透顶的案子早一天结束他们就少一天麻烦。

开始的时候，福生老人一直沉默不语，对警察的诘问，他矢口否认。警察看福生老人像个哑巴一样，便威胁他，如果再不说话就要对他动手。没想到福生老人突然间开口了，他盯着警察，眼睛通红。他说，你们动手吧，反正我也不想活了。但我要告诉你们，我没有杀人。

福生老人一直重复着“我没有杀人我没有杀人”，声音黏糊糊，成了一团沾手的面糊一样，粘在派出所的审讯室里。他的意识已经开始恍惚了。警察说，还没有见过这么糊涂的老头，问来问去问不出个结果，无奈之下，只好将他继续拘留。

小时候我见过很多葬礼，每次看到出殡的队伍时候，我就会记起母亲跟我说的，要绕道而行，或者停下来朝地上用力地跺脚。母亲说，这样就能吓跑那些晦气的东西了。彩秀老人的出殡留在我年少的印象里磨灭不去。临水街出动了不少男女老少，父亲说，老人死了，以后我们再也喝不到那么好的茶了。茶都是有灵气的，种的人用了心，就能种出好的茶叶。我懵懵懂懂理解了父亲的话，竟然也会感到微微的心疼了。

彩秀老人的灵柩就停在半山腰上，我跟在父亲身后，和其他人一起来到了半山腰，我不知道为什么突然胆子大了起来。四周是阴森森的草木，白桦、水杉、狗尾巴草、以及不知名的蔓藤植物。弥漫着的悲伤撒播在山腰上，有抱着孩子的女人抽泣起来，声音断断续续，好像蒙着一层纸，听起来令人格外心酸。彩秀老人的女儿被另外两个大婶扶着，这段时间她因为伤心过度，身体虚弱得很，她穿着孝衣。眼睛像是被掏空了什么，怔怔地看着四周，但好像又什么都看不到。

村里的干部带领一伙人举行葬礼，他们说，彩秀老人没有儿子，我们就是她的儿子。父亲拉着我给彩秀老人的灵柩下跪。我们跪了很久，一直到灵柩入土。山上的黄土在我的膝盖弄出了两个潮湿的印记。我看着棕色的棺木慢慢沉入土里，吓得闭上了眼睛，身体里某些压抑的情绪鼓动着，他们翻滚，起起落落，我闭着眼睛，耳朵里盘绕的是高高低低的哭声，沙土落入坟穴里的沙沙声，以及我的血液里悲伤的流淌声。

而我所不能看见的是，那边拘留在派出所里的福生老人。隔着一条国道，送葬队伍的哭声清晰地飘进他的耳朵里。他把头探出细小的窗户，企图看清楚外面的动静，可是除了灰蒙蒙的雾气。他什么都看不到。他和葬礼间隔着看不见的界限。他听得到声音，那么明显，可是他却突然成了一个瞎子，他什么都看不到，看不到彩秀老人的灵柩，看不到给她送行的众人，看不到悲伤看不到哭泣。

而真正的悲伤，是看不到眼泪的。

案子的调查没有任何进展。临水街的人开始骂那些无能的警察。都是些吃屎的狗东西。父亲在饭桌上忿忿地骂道。母亲叹息着，还能怎样呢?

我在心底重复母亲的叹息。还能怎样呢?

福生老人作为犯罪嫌疑人被送到了市法院。法院将此事立案，开始了审判。陪审团大多是来自临水街的街坊邻居。我母亲作为妇联的一个干部，亲眼目睹了那天的情景。第一个出庭作证的是砍柴人，作为目击者之一，他陈述了那晚的所见所闻。一整个过程，福生老人都沉默不语，他耷拉这头，头发花白，一双手被手铐拷着，手腕勒得流血。让人看了心疼。砍柴人说到激动处提高了声音，唾沫横飞。福生老人不知道哭了没有。法官问老人，你承认杀死了死者彩秀?

法官的提问让整个法庭噤若寒蝉，大家都在等待着福生老人的回答。空气仿佛静止了一般。母亲说她坐在侧面，看到了福生老人通红通红的眼睛。他哭了，眼泪和鼻涕都流了出来。是那样用尽了气力的哭泣，没有声音，眼角被泪水浸湿，憔悴不堪。

后来，他点了点头。警察说他已经绝食好几天了，不吃不喝，现在看起来就像一个软弱无力的纸人。他张了张嘴巴，最后只发出几个模糊的音节。法官从他的口供里听出了一些端倪。

母亲说，福生老人真傻，为什么要认罪呢，人不是他杀的，干嘛要认罪呢？说着说着母亲哭了起来。母亲哭着，断断续续跟父亲讲了接下来发生的一幕。我就坐在椅子上。听母亲讲。

时间静止在了那个夜里，饭桌上的黄色灯光照着母亲泪流满面的脸。也照着我空洞的心。四周安静地只剩母亲带着哭腔的声音。我不知道为什么，也跟着母亲哭了起来。

彩秀老人的女儿出庭作证。人们以为事情会这样水落石出，老人自己承认了罪行，法院有权判他蓄意谋杀罪。她被庭警搀扶着走进来，怀里抱着一个生锈的铁盒子。她已经瘦得不成样子了。法庭上的所有人都在等她最后发言。她用干枯的手指，费了很大的劲才抠开铁盒的盖子，那是一个装月饼的铁盒，上面生了锈的“花好月圆”四个字以及嫦娥奔月图还依稀可见。法官看了呈上来的铁盒，里面装的是一封封的信。

具体说来，那些是福生老人写给彩秀老人的情书，断断续续写过的，每一封情书。

我相信，看到这里，你已经猜到故事的结局了。

但我还是忍不住想将故事写到最后。铁盒是彩秀老人的女儿在整理遗物时搜到的，老人将它藏在了藤箱里。后来法官问福生老人，为什么不说出真相，他只是一直哭个不停。他的干枯苍老的声音回荡在午后斜晖照射的法庭里。

我只想陪着她……陪着她……

我想，现在你也知道了，这是怎样的一个故事：两个老人，一个寡妇，一个鳏夫，几十年来没有说出口的爱情——如果这也称得上爱情的话。深入骨髓的，没有说出口的爱情。

许多的谜底依然没有打开，人们难以想象的是，为什么这么多年来，他们深爱着对方，却没有在一起。而直到生命的最后一刻，彩秀老人才喊了他的名字——

因为她知道，喊了这一句，她就再也没有机会了。

这是故事的来龙去脉。经年之后，我带着无限复杂的心情，用我尚不成熟的文笔重述了它。而在这个故事里，我依旧是那个坐在干草

堆上无所事事的小孩。我远眺身后的群山，那时候秋天渐近，露水浓重。我身后的山林在这个秋季，开始凉了。

后记

这是我在参加第十届新概念作文大赛之前没有完成的一个短篇，参赛的时候我用嵌套的结构将它浓缩在另一个框架里，写完了它（我写一个小说家在写小说，而里面的小说写的就是这样一个故事）。现在隔了一个多月，我将它重写了一遍。故事来源于一个朋友讲给我听的一条新闻，我想用小说的方式把它讲给更多的人听，我虚构了真实。而如今写完了，我知道我可以停下来了。

林培源，男，1987年12月生于汕头澄海，射手座男生。2007年考入深圳大学文学院，完成个人首部长篇小说《暖歌》。拥有灿烂笑容和斑驳灵魂。敏感、脆弱。崇尚质朴干净有力量的文字。喜欢的作家有苏童、余华、史铁生、福克纳、苏珊·桑塔格、麦卡斯勒等。（第九届新概念作文大赛一等奖，第十届新概念作文大赛一等奖）

第 4 章

玄光幻影

能救出所有人和这座城的，只有善良

红痣

◎文/吴如功

如果没有海风和来自遥远地方的船队，泉州港就是一座在海边沉睡的城。是海洋和来自内地的姣好瓷器，把黄金白银和男人的征服写在了城市的胸口上。这胸口上的刺青中有着大街小巷，无赖文人，当然还有勾栏瓦肆。似乎没有了这些，这座城就没有了动力，每个人都在这座天下最大的港口城里，度过他们的时光。如果说在这样一个偏安的年代中还有一丝一缕的激情在大散关之内存在，也许这座大港就是它最好的萌生地了。在庞大的码头上，来自于南洋诸国和阿拉伯的商船上的男人们肌肉发达，头脑坚毅，他们像在遥远的深海摇曳的鲨鱼，和自然斗争并取得胜利。还有那些故意把自己胸口锦缎似的刺青暴露出来炫耀的大宋水手，他们在得到了丰厚的工钱后兴奋地吆喝一声，就去了城北的勾栏看色艺双绝的女孩子演话本。

我是在无数这样勾栏中的一个长大的，我想，那个没有在我刚出生时把我溺死的勾栏班主应该是希望我在他手下度过十几年的时光就可以为他赚大钱，也许他从我的哭声中听到了一副好嗓子。但我并不相信这一神话，我相信是冥冥之中的命运把这一切连接在一起，是我自己命不该绝，是我自己理应离开。尽管这种离开并不幸福。

我至今不知道我的生身母亲在哪里，似乎她的命运和其他人相比更好一些，姐妹们告诉我，我的母亲在我记事之前就被某个男人买走了。她为什么要把我丢在这个半是剧场半是妓院的地方呢？她为什么不将我——她的女儿从这里带走？从小我便因此记恨母亲，可当我被这个脸上有着红痣的男人用十五贯钱买走之后，我才明白为什么母亲选择放弃她的女儿毅然决然地离开这个地方。在这个偶尔流动终于被坊主固定在泉州港码头南方一处宅院的小团体里，有的人是被卖到这里的贫苦女孩子，有的是这些贫苦女孩子生下的女孩子，她们被从小教授各种技艺：杂剧，宫调，还有取悦男人。很多姐妹因为自己的技艺而在这座城中出名，她们被大宋或阿拉伯的富商买走并在庭院里度过花草似的余生。还有些女孩子没有歌唱的天赋，于是她们就和无法继续登台的前辈们成为了后面一间间阁楼中的男人的猎物。母亲是恐惧的，她恐惧自己也将成为第二种女孩中的一个，但她使我万劫不复，或者说，柳暗花明。

他，陈五来到这里时，我正在第一次登台。在此之前我被强迫记熟了一个喜剧故事，我扮演一个眼病病人，而与我从小一起长大的姐妹半月扮演靠骗钱而生的卖眼药的书生。我们在这些前来取乐的男人面前表演着卑躬屈膝的风情。班主说，今天前来的船政司的客人很重要，他本不想让我们这些小女孩上场。但前来询问的大人点名要几个小女孩表演。“你们才有这样好的机会，不准演砸。”而这个男人呢？他是一群准时来到这里消遣的官吏中的一人。和那些换下了官服与差役服的同事们不同的是，他的脸上没有官吏的骄横或泉州港人的机敏。他仅仅是一个有点卑躬屈膝的男人，他问候他的同事，并不在乎他们对他恶意善意的玩笑。他在他们中虽然很平和，但是毫无特色。除了脸上的一颗硕大无比的红痣。那颗红痣就像在一片荒地上突兀的山丘，或者是过元宵节时果子上的一抹红。为什么那一刻，我看着他并不年轻的脸庞，如此好笑？

可以这样说吗？我把这场本来滑稽的演出变得更为失败了，我唱错了开场的念词，我做错了熟悉的动作，我将半月的画满眼睛的卖药衫钩破了洞，我把人们都带笑了，但是他们笑的不是戏，而是我。因为我眼光流转在这个男人脸上的红痣，就想到丘陵和果子。这些风马牛不相及的事物挂在他带着讨好笑容的脸上如此滑稽。这使我最后甚至笑到直不起腰来。在一片尴尬中，班主冲上台将我强拖下去，在木板墙的阴影下面用竹板狠狠地打我的脸，打我的手，在他们笑声中我流下泪来，泪是透明的，在红肿的脸上犁出伤痕。

“这个小娘子对你有意思啊！”啪啪声中我听到一个声音不无恶意地对他说。

“看这个样子，这个小娘子是没办法再在这里呆下去了，陈五，快点把她买下来吧，你不是刚缺个填房吗？快点去英雄救美啊！”另一个声音这样喊道。

之后发生了什么，我已经不记得了，因为在班主的竹板被打断的时候，我就已经昏过去了，也许是在那一刻，他们完成了关于我的交易，也许，那个夜晚并不存在，因为在我清醒之后，没有人会记得昨晚巡夜士兵的脚步声，我已经从轿内被扶下，在海涛声后成为了良人。

我只记得昏迷中依稀的一个数字：十五贯钱。

他用十五贯钱买来了我的命，我被十五贯钱买来了灵魂。

月色秋凉，三年时光。

我并不幸福，这个男人是一个好人，但是他并不是一个好丈夫，他并不接受来自南洋和本地商人的贿赂，他也不去勒索珍贵的货物，可为什么他要对我如此敬畏呢？我只是一个比他小了一旬的女孩子，我是她死去妻子的替代品，但是我的美貌并不值得他像呵护一件琉璃器似的不敢接近。我需要的，是一个像父亲的男人吗？还是一个像丈夫一样的男人？我在话本师父嘴里听过举案齐眉，但现在的这个男人不仅仅在外面认真并拘谨，三年来他像只刺猬，生怕刺伤我的过去，在勾栏的过去。我在他的同僚们惊讶的目光中长大成可人的女子，他们也许有人还记得那个混乱的夜晚，有些人忘记了，看到我却又忍不住再记起来。这是一场我已经习惯的宿命，我已被习惯提起。在习惯了之后我看到他的红痣再也笑不起来，那个长在额头上的拇指大小的痣让我想到被麻线串起来的十五贯钱，这就是我的价值。

对不起，我厌恶这种生活了。

后来我在刑场上看到准备为我超度的和尚，我才知道其实被我诅咒了许久的某个行脚僧，他的目的的确是纯洁的。即使没有他在坊口高台上大声的传道，我还是会谋杀陈五这个拯救我的男人，他的出现给了我一个理由。

那个和尚在码头出现的时候，市舶司的人们几乎禁止他上岸，他穿着破烂的衣裳，骨瘦如柴。而且带着里面装满了各种稀奇药物和工具的大包裹。他是搭乘从锡兰岛的一艘帆船来到泉州的，市舶司的人在检查这艘船时，和尚走了出来，旁若无人地走上跳板准备上岸。一个市舶司的官吏厉声说道："你是谁？"可和尚一跳，就像一阵风般不见了。

第二天，整个泉州港里传遍了一个锡兰来的和尚的传说，传说他能医治死人，传说他能点石成金，一夜间和尚成为了这座城的名人。他来到我的坊门外的高台说法，正是他旅程的最后一天。我看到他，他正被愤怒的衙门的差役带走。他对台下的人们大喊："我的国土有一望无际的棕榈树，那里有真的佛法，有真的人们，那些奉行真佛法的人们都有红痣，他们从来不忧伤，每天悠闲自得，你们和我走吧，去那里享受真的幸福！"然后一个衙役就给了他狠狠的一掌，他的包裹掉在地上，里面的东西散落一地。而我目睹这一幕后，一颗小红木珠已经在我的篮子里了。

每当我看到它时，我都想起那个锡兰来的苦行僧，它让我对陈五的红痣，愈加厌恶。这个男人有什么权利像那些人一样成为不忧伤的人？他每天为了自己所谓的原则活得分外的疲惫。没有时间安慰他的小妻子，周旋于每个上司和同僚中。

这个男人，其实就是个死人。

我终于在一个夜晚，用一枚铁钉，杀死了陈五。我看到血从他沉睡的眼神后流下来，我看到他额头上的红痣像一束喷泉的花倒在我怀里，我怎么知道，陈五的那颗痣在被铁钉掩盖之后，冒出了比红痣还要红的血。我的这个男人没有醒来，他的那颗痣哭泣着他的死亡。但是在那一刻我的眼睛对鲜血视而不见，我看到的只有遥远的锡兰海岛，温柔的海风和永远幸福的人们。但是，一切都不现实。无论是陈五的死，还是即将到来的不知所措的逃亡，这一切似乎都只是我的一个梦。要有人来打破它，但那个人不是某个胸肌发达的水手，而是另外一个什么，也许就是我自己。假如说那就是命运，命运之神就是一个被大秦人刻在船头的天使像，仅仅是离开，离开我喧嚣的泉州港。

我将陈五的尸体埋在了家中的橘树下，我不知道这株我来到这里就存在的橘树为什么在地下会有那么多的枝杈，使我层层叠叠挖掘了一个晚上。它使我想到了以前一株同样的树。为什么直到现在，我还是会有阴影？白色的布内衣上面有血，有泥土，泥土就像是在血里被释放出来的。橘树在夜里绽放出幽香，它在想象着它主人的肉体被掘地三尺，而当它的根系分开来，正好有一个洞，陈五的尸体有了腐烂的地方。我把这个我根本不爱的男人放在了那处小小的洞穴里，似乎他只是一只冬眠的虫子。还有什么事情没做？我去钱柜里拿出了十五贯钱，放在他一身血泊的身体上。好了，我当年只值十五贯，今天我把它们当做殉葬。而在我恶毒的笑容背后，我在呢喃：你可以当我也陪你去了，虽然，这个日子很快……大宋的天空……什么都没剩下……

和每一个杀死丈夫的女人一样。我被抓住了，那些无聊的人们，最后还是怀疑我因和别人有奸情，杀死了我的丈夫，但事实上这个假设并不存在，我对人们说，我说我只是厌恶了他。他们不信，他们为我上刑，逼迫我说出真相。但直到最后一刻，我还是坚持我的说法：我只是厌恶了他，虽然他是我的恩人。

锣鼓响了，在好戏就要上场以前，我却要死了。在泰然接受了人们对我的唾骂以及游街时的殴打后，我在这个世界看到的最后一个画面，就是我自己的血溅在那面监斩官的旗帜上，那一个个鲜红的印记，就像一颗颗透彻的红痣。

吴如功，男，1990年出生于内蒙古。曾就读于海拉尔第二中学。喜欢对历史细节的探索和无止境的战略游戏。因为之前的生活使自己的思想像北方的天气一样直接而寒冷，所以希望以后可以在南方寻找温暖。（第十届新概念作文大赛一等奖）

曦葩城殇

◎文 / 陈怡然

伤

曦池的中央溢出一缕光。刺破了浓重的漆黑，那是圣棠花开。花瓣的微隙间渗出明亮的、纯白色的光芒，随着圣棠的绽放愈加耀眼。棠璃的解咒念到最后一个字时，游光已从浮泛于池面的浅淡变成了照亮整个曦葩城的光源，纯白铺天盖地般地噬掉了夜。

守池的棠魄第一个跪了下来。

随后在池外第一朵凡棠开放的时间内，九百九十九人都伏跪在了曦池边。那朵棠花完全展开温柔笑靥之后，紫洄才到达。他看到完整的棠花，浅灰色的瞳仁中涌出了绝望的荒茫。而棠璃在同时已念下无解的咒言穿透了他的生命。紫洄的身体变得透明，体内只有一朵紫罗兰。曦葩城的人们看着他死亡，没有声息。只有棠魄的眼睛中闪过一丝哀伤，让我一瞬间在他的瞳仁中看到了善良。目光交汇之间，那朵紫罗兰瞬移到曦池中化作一滴水。棠璃的嘴角饮下了紫洄的灵，眼神毫无波澜。因为她是王。

紫栖的罗兰长袍微显一丝褶皱。我知道她轻微地抖动，从脊背至心都是恨。而我在她右边，一样显得卑微地跪伏着。我们的罗兰家族再庞大，也只能面对族人的

死沉默无声。因为曦池里面只能住着一个女人，曦葩城只能有一个王，她的命令就是生死，她的灵就是整个曦葩的光。

曦池的水清透却望不见底，里面的那个叫做棠璃的女人，有高傲而绝艳的面容，瞳仁如同着火的透明琉璃，肌体却跟圣棠一样纯白色。那朵棠花不是她的灵，而是一朵幻像。曦葩城的人都知道，她成了王之后，灵就被分置在两个同族人体内，只有她自己知道是谁在守护着她的棠花。除非谁能杀死守灵人，否则她的统治不会有尽头。

而那么做就是紫罗兰族人心中存在的唯一希望。紫栖是罗兰族的木字辈长者。她见证了当年的动乱，包括从前每日曦池中的圣紫罗兰泛出紫光的时代，还有棠璃的白色灵咒是怎样穿透我的母亲，紫森的圣紫罗兰。

棠璃在巨大的圣棠中央，银色的头发如水藻般游散。她说，不要过了那朵花开的时间，否则就得死。那句话透过冰冷的曦池水漾出来，是冰冷的无情。九百九十九人跪伏着说，是。可是紫洄的身体化作雾霭弥散在我们之间，凄凉的悲伤逼着我们的眼睛，就快要控制不住流泪。我们是没落的族，是棠璃没有寻到理由根除的后患。我从曦池中看见反射出的苍穹，有一只瑰鸟匆忙而过，划下无力的紫红色，一瞬间又被纯白覆盖。

就像紫罗兰族粲然的一次昌盛，被毁灭。我们现在跪着，看着紫洄的死。

承

紫魂墙上的罗兰藤勾勒出世间最繁复的纹案，无数分支交错，间杂着暗紫色的紫罗兰。每一朵紫罗兰中央有一个赤色的名字。他们生前都曾是罗兰族的族人。

罗兰族的五百九十九人面朝着紫魂墙，将左手的小指曲着念诵安魂咒。呢喃碎声中，墙上又开了一朵紫罗兰花，中央有赤色的字迹，紫洄。

紫栖沉默了三朵花开的时间，而后眼中锲下了一痕坚定。她摘下了发簪。紫色的发丝披散在罗兰袍上。她单跪下来，将簪子举过眉梢。她说，“珂，您要带领我们战。”剩下的五百九十七人也跪下重复着她的姿势。我看见他们紫红色的发丝在魂墙前扬落，犹如梦魇景致。突然胸口被无形地缚紧，腔内的气流空荡地游走没有方向。

我不知道应该难过还是欣喜。族人从来不随意披发，除非他们决定了用前赴后继的死亡去换得曦池中圣葩。棠族就是这样赢的。当时我还没有记忆。我在这一刻只想起三年前的樱棠之战。

樱曜，那个灵力逼人的樱族之首，领着五百樱族人在曦池前与棠璃对抗。不断有粉色的白色的灵咒在她们之间穿梭如织茧。灵葩破碎，随风凌乱成一场四十九日不断的雪。但是悲惨而盲目的杀戮没有胜算，樱族没有在混乱中杀死棠璃的守灵人，力量耗尽。最后棠璃念下了绝杀咒，一束白色的光刺破粉色的防护，所有的身体同时破裂，所有樱族人体内的灵樱花落了一地的凄凉。包括樱曜。

我当时在不远处的一片林子中默默念了五百次安魂咒。紫洄还在我的身旁，他握住了我的小指说，珂，你不能这样仁慈与善良。你将来还要带领整个罗兰族去反抗棠璃，那将是一场更大的死亡。你必须无所畏惧地杀。

杀

我不明白为什么要选择残忍。但是他们已经摘下了簪子。他们宁愿战死在曦池，也不卑微地跪下。好吧。我发觉我没有选择，因为他们曾经有一个耀眼的王，是我的母亲，所以我没有理由不接受，所有族人簪子即将聚成的灵杖，而我就要用它去命令我的族人，杀。

可是这里只有五百九十九人。还有一个人没有来。没有所有族人的发簪就没有灵杖。那个人，是紫洄的妹妹，紫溱。紫栖已经念了十九次召唤咒了。就在紫栖的怒气涌上来的第二十次，门被兀然地推

开了。紫溱小跑着迈进第五步，紫栖已经用灵剑指着她的眉心。紫溱用衣袖挡开，口气冰冷地说，“除非你要背抗烨葩几几的城规。”然后就继续小跑至我的跟前跪下。

烨葩几几是这座城的守护神，她有唯一的一条城规，用灵剑杀死同族人，自己也必将死。所以族内尽管有再深的矛盾，也不会内乱。但我相信紫溱不会只因为一直以来同紫栖之间的矛盾而迟到。可是她没有马上解释。

紫溱跪下后抽出她的簪子，所有的簪子就在这一刻聚集成一把灵杖。紫溱递给了我，然后退回跪下。她说，“珂，请您原谅我的迟到。是因为棠魄在棠璃休息的三刻之间叫住了我，他说他要见您，我就将他带来了。”

那个守池的人，我没有想到他会来。我突然想起早晨他那一丝带着悲伤的眼神。我说，“让他进来。”然后大门再度被打开。

棠魄因为守池需要，常年穿着战袍，只露出一张脸，看不到银色的头发。他没有在我面前跪下，只是浅浅地笑了。“珂，请您信任我。”

我莫名奇妙。凭什么？

他说：“您既然已经是领者，就必定要让曦池中的圣棠花破碎。但是您是善良的，您不愿意杀戮。我知道您的心意。我能帮您。”

我又问他，“你又凭什么背叛你的族落来帮我们？”

他说：“因为棠璃的无情。她的绝艳背后只是冰冷的控制欲，我们的下跪一样是被逼迫着。像我如此的卑微，与其在即将爆发的紫棠战乱中死亡，不如归依您的善良，我还能活着，就是唯一的希望了。”

“那你能够如何帮助我们？”

“您如果信任我，今天晚上我就会帮您知道谁是守灵人。”他说完这句话就慌忙着走了，紫溱说那是因为他要在棠璃休息完毕之前赶回去。

我问紫溱，你为什么相信他？

紫溱说，守池人是族落中最孤独的人，他们没有闲暇时间，也没有去处选择，只有一辈子守护曦池，穿着只露出脸的战袍老去。这样的人，几个真正愿意归顺自己的王呢？

紫溱说的话有她的道理，她向来是最聪慧的，这次连紫栖都没有说话了。这样子一切都被默认下来。现在，我是领者，棠魄会告诉我谁是守灵人，然后我们会杀了他。接着棠璃就会像失去一只眼睛一般脆弱，我们就可以找出第二个守灵人，杀掉他，就赢了。

始

从我来到这个世界上，对于这个繁花绚烂的城，永远都保留着一种畏惧。那就是它的夜。

施光咒只有王才能念，一个昼日只有六百朵棠花开的时间。流溢着光华和精致的花城在这些时候是美得令人窒息的城。几几雪山的冰雪之中有一种金色的花，叫做烨罹花。无论曦池中的光是什么颜色，它永远都是金色。而且就算咒语结束之后的夜，它也会有微弱的光芒。紫洄曾经告诉我，那就像凡界的星辰。

可是我仍然恐惧着那只有烨罹暗光闪烁的夜。总是充满着邪恶的妖艳，红色的瑰鸟在花丛中栖息就像浓重的一抹血色，让我总是痛苦地想起曦葩城充满杀戮的种族，在尸体化作的雾霭之间厮杀，却忘记了花开的温柔。我一直想问，为什么这样一群看着鲜花长大的人们，这样的无情。

可是这一日的夜漫长得让我无法呼吸。我的视线凝固在几几雪山的微茫之间不记得有多久，直到紫溱到了我的身边，才回醒过来。紫溱问我，珂，为什么你这样的恐惧夜？我没有回答她，只是问她，为什么今天的夜这么长？

紫溱的嘴角幻像般地闪动过一丝笑，“珂，难道你没有察觉，花开花谢已经一个来回了么？”

我恍然。已经一日一夜了。而不是仅仅一个晚上。

“怎么……会这样？”

紫溱说，“因为只有棠璃在昏睡之中，我们才有机会。所以棠魄这样日日守护着曦池的人，既然已经选择了背叛，放几滴迷魇露其实也不是困难。”

我问她为什么可以这样地肯定。她说，“他的眼眸里面藏着秘密。我从他纯白的瞳仁中看见了无数复杂的情绪，他不仅仅是孤独的守候者，他更是一个心思稠密的聪明人，他的被埋没给他带去对棠璃的恨，不亚于我们罗兰族。所以他敢这么做，也只有他有机会这样做。”

难以琢磨的棠魄。他到底要用怎样的方式找到守灵人呢？我疑惑的时候，就有急促的叩门声。是紫溱。她没有多言，只叫我跟她去。我跟在她后面一直奔跑，最终我们站在了曦葩城的平原前面。我简直没有办法相信我看见的一切。

有一片火光，在草丛之间沉浮不定。隐约地看见白色的发丝和长袍衣角，在昏暗的草原与光点之间动荡着。我看不清楚，但是拥有白色的族落，只有棠族。“他们怎么了？”我不安地问紫溱，紫溱说：“因为没有光。他们要知道为什么，是否他们的王不再有控制光源的力量，换言之，他们会认为这意味着覆灭。”的确，他们举着火把向曦池赶去，目光中透露出我能够看懂的焦虑。“为什么棠魄要这样做？”紫溱摇头。

这时候紫栖从人群中走出来。我问她：“刚才你怎么不见了？”她说是棠魄叫她传我一封信。我接过来，在微弱的火光之间，看清了上面的字：“王可以不念咒，但是花到时候会自己开放，她的灵棠会在守灵人体内泛光，守灵人的眼睛一定非比寻常。”

这几个字就足够了。我扔下信冲进了人群中，我四顾着寻找，看到他们的脸在我身边晃过去又晃回来。我的族人拾起信后也都各自混到人群之中寻找了，直到第三日的朝早，迷魇露失去药效，棠璃才醒来念起了施光咒。

迷

我们跪着，依旧的姿势，但心里面却已经不是从前的苟且顺从。因为我们已经赢了一半。棠璃在水中央，望着池边跪的九百九十八人，没有问一句话。因为她自己知道是谁没有来到，是棠缈。那个她精心设计的守灵人，在那个晚上被我们找到了。她当然知道，能反她的只有罗兰族，但是她没有发作，因为我们毕竟还没有杀死棠缈，我们控制着，我们的筹码是她一半的灵。她也没问，守灵人棠魄去了哪里。很奇怪，这一天早上什么都没有发生。

那天晚上发生了什么，我一个瞬间都忘不掉——我在草丛之间没有方向地寻找着，看见了烨罹花总是心生畏惧，好像无数双不定的眼睛。正是这个时候，我就看见了一双异样的眼睛。从草丛间的一束火把背后闪出一丝亮光，就像曦池内圣棠的光一样的纯白。我脑际只存在一句咒，我没有更多一秒的思考就朝着那个方向喊出了定魂咒，然后我就清楚地看见一双泛着白光的错愕的眼睛。那个人是棠缈，棠族里的一个侍女，才刚刚成年。毫不起眼，但竟然就是她。棠璃的确很会掩藏。

我把她带回紫罗堂的时候族人笑逐言开。他们一下子对我拥护到了极点，也更加迫切要重让曦池泛出紫色曦光。我只是跑去找棠魄，那个帮助我的人，从那天走后一直没有见到他。

我一直顶着黑夜走到葩河边，才看见他在那里站着。我走过去，告诉他我已经找到了。他没有惊喜也没有振奋，只是点头说："我知道，你一定能找到。""那我下步该怎么办？"我确实迫不及待了。他说，"我既然背叛了棠璃，就不能再回去，既然你只找到一个，另一个只能靠自己了，我没有机会去帮你什么了。我要躲，你能给我容所么？"我说当然可以。这时候他望向河中，目光在水面停留了一下，我站在他后面，看不见他的表情也没看见湖面，可他就在那一刹那回过头，朝反方向疯狂地跑走了。自那以后再没见到他。这个复杂无比的人，一切行径都无法解释。我，这个领者，在他消失之后又陷入了困惑之中。到底该怎么办？下一步要做什么？就连溱都不说话了。而栖忙碌着指挥着族人寻找棠魄。

我的年轻放纵了我内心的懦弱。我最终还是抱着寻求救援的希望去问溱和栖。可是她们的猜想，让我倒吸了一口曦葩城甜腻的空气。

“珂，你知道的，我们罗兰族是整个曦葩城最嗜杀戮的族落，我们看不得别人抢夺我们的地位，所以，我们要达到目的，就要杀掉很多人。”紫栖站在紫魂墙前面，望着满墙的紫罗兰说。

“如果棠魄真的是个善良的人，他为什么要背叛棠族而投靠更加残忍的罗兰族呢？而且为什么……他逃走！”溱的补充让我有一丝不悦，她竟然把“残忍”说得理所应当。

“可是最初，为什么你觉得他值得信任？是你说行的！”我激动了起来。我思想被塞进很多的矛盾。一时间不知道什么叫做善良什么叫做背叛，似乎每个人对它们的定义都不一样。

“对不起，珂，”紫溱说，“我错误地判断了这件事情。他的确没有那么简单。因为……昨天守护卫守者跟我作总结的时候，才提到，棠魄的灵……被我们的防备界查出不明确灵光……也就是说，他是怪异的，至少不是个普通棠族人。”

“什么？”我霎时间明白了为什么这几日他们忧心忡忡。原来，棠魄，也很有可能就是另一个守灵人！心里面顿时一面冰山一面火焰地令我透不过气。难道他的躲避是为了不让我们知道他是守灵人？可是溱明明说守灵人自己是不能发觉的……

这个时候一个罗兰族的人进来，他跪下来对我说：“珂，我们把棠魄带回来了。”

启

我看到棠魄的时候他被罗兰族的其他人用茎藤捆绑着，战服没有换掉，双目中的落魄间隐藏着坚毅的光，像是带着对我们的嘲笑——就在三日之前还受他帮助的罗兰族人，现在面无表情地盯着他。我在那一刻突然对自己族落的冷漠感到难过。我连忙令人放了他。

我问他："你去了哪里？"

他说："去逃离。"

"可是我答应了你，这里是你的避所，我们可以保护你。"我说这句话的时候还是不相信他会是守灵人。

"可是你们也有可能杀了我，不是么？"他把目光环视向周围的族人，紫栖一贯冷峻的脸上没有挂着友善。

"你到底是什么人？为什么你的灵跟一般的棠族人是不一样的？"紫溱逼问着朝向棠魄。

"谁又能完全认得清楚自己是谁呢。你们就算聪明，又能够算得准些什么。"棠魄的脸上浮起了不屑的神情，这让紫栖很恼怒。紫栖用微耳语跟我说："珂，他一定就是守灵人。我们不要再耗费时间，棠璃不会坐以待毙，我们直接去逼问她就可以，毕竟我们至少掌控着一个人，杀掉棠缈，棠璃功力必定大减，我们族人众多，总是有胜的把握的。"

"反正我最终都逃不掉一死。你们如果要领我去逼棠璃，随便。"棠魄一下子变得不再向上次那样的温和谦逊。我也因为这句话而狠下了心来。

"那我们再过百开就走。"我一声令下去，所有人都迅速地准备起来。百开，就是一百朵族花开的时间，很快，我的面前就是所有的族人。

他们身着罗兰袍，紫色的头发散开在夜晚黑色的风里，腰间的灵剑有寒冷的光，如同烨罹花一样令我有一种恐惧。然而我只是做出镇定的样子，像真正的王一样发号施令，我说，“出发。”于是我们的队伍浩荡地越过长草原，举着发着光的灵剑。我控制着棠缈，紫溱控制着棠魄，紫栖负责整个族的行阵，一面念着敝声和敝光咒语，不让别人发现这场半夜袭击而来的动乱。

战

我们只花了五十开时间，就到达了曦葩池——这个城并不大，只是容易在花间迷失道路而已。我们从棠花丛中穿越而来，避开了棠璃设下的很多障碍，最终站在了曦葩池前方。没有料到，这里不像以往此时该有的黑暗，棠璃并没有在沉睡，而是一直醒着，她在池内睁开琉璃般透亮的双目，绝世的容颜下还是依然的孤傲，连微微扬起的下颌边都隐藏着尊贵。

紫栖靠近我，意思是我不用担心。我站在池边，几几雪山的冷气从西边袭来，快要把棠花凝成冰玉。我过了一阵才发现，该说话的是我，我才是领者。但我还没有开口，棠璃先说话了。她没有看着我，只是望着她水中的灵棠说：“就是你，成为了罗兰族的领者，带着我的灵来逼我退位么？”那里面的轻蔑，就像刺来的针。

“既然知道，那便不需要大动干戈了吧？”我装着镇静。

棠璃笑得如梦魇里的雾霭，琉璃般的眼里又起了火光。她一甩袖，整个曦葩池发出刺眼的光芒，照得天地都是如同几几雪山的顶峰一样纯白。我的双目应接不住地低下躲闪。

“你真的以为，凭着你们的力量可以跟我抗衡？我是王。我有比你们强百千倍的灵力。你们觉得自己有什么筹码？唔——？”这句问话把我摇晃不定的猜想推到了溃裂的边缘。我的余光看见紫栖和紫溱已经让罗兰族的人们包围起了曦葩池，他们启用了自己的灵紫罗兰，有紫红色的光芒从他们的体内流溢出来，形成伞状的灵光阵。他们的身体变得半透明，我可以看见那些紫罗兰的花瓣在气流中抖动着花瓣——

这将是死战。如果失败，就根本没有力量去保护这朵灵花。一切可以如同樱族般破碎掉。而该死亡的是谁?

“你看看你，这是在做什么?拿着族人的全部性命与我抗衡吗?樱族的下场你没有见过吗?你知道的，当年我并没有牺牲多少棠族的人。因为一个领者，首先要让族人活着。”棠璃说话的时候我甚至不敢正视她的眼神。我感到内疚了，是么?

而紫栖被彻底激怒了。“罗兰族只有王者臣民，没有苟活的败将!”她的袖子里涌起深紫色的气流，尾指扣到手掌，要将攻咒发向棠璃。我透过池水见到了棠璃隐藏在衣袍里的左手，中指早已在手心，织出了抵咒。我伸手要去阻止栖，可我触到她的衣角却不及拉回她，她的紫色光冲向看似平静的湖面，圣棠之上一瞬间腾起纯白色的雾阵，如一朵棠花的闭合，吞噬了这道攻咒，栖退回来，捂着心口，用暖咒使灵不被棠族的冰雾冻结，她的眉拧起来，显出痛苦的样子。她强忍着，目光扫过棠缈和棠魄。棠魄皱着眉头，眼里有悲哀流动着，不知是对他自己，对栖的受伤，还是我们整个族落。而棠缈除了委屈得不停落泪之外别无其他。

那片白雾构成的棠花蔓延起来，向着我们的灵光，大片地吞噬着紫红的光，我的族人们开始抵御，但还是大片大片的倒下，紫罗兰的的灵被冻结起来，像水晶般易碎，一倒下就成了零落的颗粒。光线在白色和紫色中扭曲，瑰鸟惊恐地回巢，翅膀扑腾的声音夹杂其中，像是一场可以淹没世界的雨在下着。

“快点杀了他们!”紫栖一面顶着冰冷的光一面向着紫溱喊。紫溱将灵剑抵在棠魄的心口，而我将手指叩在棠缈的颈部，我感受到她起伏的气息，看到她琉璃般的银色瞳仁逐渐绝望至成了灰色。突然很难过。还有棠魄，他一直以一种复杂的眼神看着我，是否在提醒我，要善良。

可是如果我不杀他们，我的族人就会死。还有我的母亲，森。我从未见过的女人。她交托给我的使命，我是所有人的希望，在这个时候对敌人的善良一文不值。那个躲在树下为樱族人念安魂咒的孩子，好像不再是我。

紫溱正要刺下去。棠璃突然停下了攻击。“不要！”她近乎在喊。

“我就知道。”紫溱说：“她只是在玩心理战术，想让我们害怕她。其实，她的生死早就被我们控制着了。别犹豫了，珂！刺下去你就是王！”紫溱跟她的哥哥一样，劝阻着我的心软。棠魄嘴张开想说什么，但是却终究没有说。紫溱的剑随时会杀死他。

“紫珂。你不会杀死缈的对不对。你是曦葩池最善良的人，比罗兰族任何人都善良。”棠璃笑的时候有温柔，但是我分辨不了温柔之中是否藏着匕首。所以我没有表情地看着她。我这次很快地做了一个真正的领者该做的决定，我坚定地对她说：“不对。我会杀了她。为了我的族落，她不死，我们都得死。”

棠璃眼神一转。“那你们走吧。她不死，你们也不死。”她好像要放走我们一样。我诧异得不知所措。“你休想！我们不杀死你不会回头！”紫栖喊得那么大声。“杀！”她朝着我和紫溱喊。

杀。我心里反复徘徊的字。这一刻终于来了。我的灵剑从我的指尖射出，溱的剑也一样在这一瞬间刺向了棠魄的灵葩。声音好像被什么吞没了。我只看见强大的气流在纯白的，刺眼的光线中将我们所有人的头发和袍子扬起来，瑰鸟惊得飞起来，翅膀交叠着覆盖了整个天空。几几雪山上的烨罹花在这一瞬间失去光彩。这一刻，停留在棠璃惊恐的容颜和所有人的注目中，还有我看见的五朵灵花在逐渐变得透明的身体里衰败。我忘记了当时有多疼。

殇

烨葩几几出现了。这个从来没有出现过的神。她比棠璃美丽一千倍。她念着一条咒语，几几雪山忽然飘起雪花，整个曦葩城被冻结起来，花朵全部停止绽放，就像一个末日的到来。其实就是末日。我看见的，是惊恐转移到了紫栖和所有族人的脸上。死亡来临。死亡的竟然是紫溙，棠魄，棠缈，棠璃，还有我。

烨葩几几面无表情地说："没有了王的存在，我又该收回这整座城了。你们停止吧。永远停止你们的野心和杀戮，看到了没有，这就是你们所有自以为是的聪明给你们呈现出的结果。"

我只听到这句话的尾音，就永远失去了知觉。原来死亡是这样子。

尾声

1

我是棠魄。他们眼里最神秘的人吧。但我其实最笨。我连自己是谁都没有弄清楚就下了决定。到后来我只能闭嘴，等着死。因为我知道了一个太大的秘密。可以让整个曦葩城都翻天覆地的秘密。说出来，也许会死更多更多的人——关于谁是守灵人的秘密。

那一日我决定了背叛，投靠紫珂。因为我觉得她是善良的人，但是从那一刻我看到了水面的倒影，我就知道一切都不可能了。我清楚地看见，珂的眼睛里，有白色的光芒。她才是另一个守灵人！原来她的身份是假的。这是棠璃最最精心的一个布局吧。让自己的守灵人，变成紫罗兰族人。这样子所有人都不会怀疑她，她有近乎完美的紫色头发，紫色袍子，这都是棠璃用高超的咒语做出来的假象，骗过了所有人，这么多年来都没有发现的，她打算藏一辈子的秘密。而我竟然在背叛了之后知道了。

知道了这样的事情，下场只有是死吧。杀。杀。他们都在不停地为着王位争斗。结束吧，我宁愿这些首领，还有我，都去死。去换平静的曦葩城。所以我选择缄默。这个城，奇葩绽放的城，为什么要有杀戮。不该有的，不该。

2

我是棠璃。曾经最高贵最聪慧的王。在魄诞生的那一天，也就是

我杀死森的那日早晨，我就已经有了全部的把握去当这个王，所以我早就定好了守灵人。棠族那日恰好也新生了一个婴孩，所以我用我设计了五十天的咒语，将棠族的这个孩子跟紫罗兰族的孩子交替了。其实魄，不是棠魄，而是紫魄。他才是森的孩子。而珂，是棠族的人。她的体内，是我放进去的一半的灵。将来无论发生什么，罗兰族的人一定不会杀死她。

但是我没有想到杀棠缈的人竟然是她。我多希望是别人，那样我可以有恃无恐地继续笑下去。但是，是珂。她不知道自己是棠族人。她杀死了棠缈，根据烨葩几几的城规，就会跟棠缈同归于尽，而紫溱杀死紫魄，同样杀死了同族人，所以她也会死。

最终我的灵全部死亡。我也死。为什么，这样的巧合。我将魄一直留在身边，十几年了，这个尘封的秘密我以为没有人会再知道。但我所有努力都白费了。

这都是孽。是孽。

3

我是珂。现在，我应该说，我是棠珂。这个太陌生的名字，竟然是我真正的身份，到死，我才了解。我原来只是一颗棋子，并不是风光的领者，而本应该风光的魄，也跟我一同死去。这些，该怪谁呢?

欲望，让所有人都想做王族的人。所以他们都愿意拼死，去杀。但是换来了什么呢? 一批复仇者的胜利背后，总还是有着另一批仇恨他们的人。这里的鲜花，或许永远只能看见死亡和残忍。所以烨罹花那样令我恐惧。

我该是从前的珂。躲在树下念五百次安魂咒的珂，看见魄眼里的善良会感动的珂。而不是选择杀人的珂。烨葩几几是对的，该是她收回这座城的时候了。所有王者死去，什么都没有了。我并不太难过于这个像迷宫陷阱般的局，让我死亡。我只希望如果下一世我还是曦葩城的一个人，我能见到永恒不变的光，再也没有争执和仇恨。

能救出所有人和这座城的，只有善良。善良。

陈怡然，女，1993年6月6日生，祖籍福建。曾就读于深圳中学亚迪学校。典型双子座双重性格。相信灵魂的存在，坚信文字中需要倾注真实澄澈的情感才能立体地存活，并且在能解读她的人们内心里找到被诠释的归宿。（第十届新概念作文大赛一等奖）

虞姬泪

◎文 / 刘梦怡

项羽站在他那张高贵的雕花木床前，手指轻轻摩挲着朱红色的床栏，手臂上的刀伤还在隐隐作痛。他问自己，这是怎么了，我怎么会抵不过一个平民的军队。他究竟有太多的不甘，可是却无可奈何，只能看着所有的繁华在他身边短暂地停留过之后，又轰轰烈烈地向前驶去。

虞姬，那个瘦弱苍白的女人。她默默地抬起头，说，王，援军还没来么?

项羽皱着眉，点头。

虞姬无言，她走到床边，项羽用他那沾满过无数血腥的手抚摸虞姬苍白的脸颊。世人都盛传虞姬的美艳动人，只有项羽知道，只有那飞速向前的时间知道，如今的虞姬已不再像当年那样拥有绝世的容颜，太多颠沛流离的生活让她正迅速地苍老，宛如暮春的花朵，一个美丽而苍凉的瞬间。

项羽想起每次上战场，虞姬总是穿着一件浅红色的织锦斗篷，在尘土沙石中陪伴着他。唯有她固执地追随他，固执地守候他。当年项羽身边嫔妃成群，现在陪伴他的只是这个安静、恬淡的女子。虞姬为项羽付出太多。一个女人最美丽的年华给了楚军的首领，一个女人最芬芳的岁月却挥霍在了血流成河的战场上。

想到这里，项羽不禁心疼而怜爱地望着虞姬，他说，等到有一天，我当上了真正的皇帝，一定会给你荣华富贵。

虞姬低下头，没有说话，只是凄楚地笑，她一直都没有告诉项羽，其实她所想要的真的很简单，她只希望和他可以像平凡男女一样在蓝天白云下美好地相爱，日出而作，日落而归。

他们彼此沉默着，整个寂静的大厅只有空气渐悄流动的细微声音。

半晌，虞姬说，王，天色已晚，你该睡了。

然后她掌着灯离开，项羽看着她孤单而寂廖的身影，有一瞬间，他的心尖锐地疼痛着。曾经在群妃中，虞姬不算最夺目，却是最安静。数年来，她一直带着那么淡然的表情看着战场上的生离死别。只有项羽知道这个女人内心的哀怨与痛苦，只是她固执地，隐忍地埋藏了一切。

夜黑得出奇，大团大团硕大的乌云遮住了月亮，只留下几点黯淡的光泽，它们正好照在虞姬苍白的脸上。她是寂寞的，让人心疼的，就如同黑暗中一株清冷的植物，脆弱得不堪一击。

她拿着灯向前走去。她突然想去看一下，那些受伤的士兵，那些一直跟随着项羽的江东子弟。

夜风凛冽地吹着，宛如一张狼藉的网，从头到脚都紧紧地罩着虞姬，包括她那几年来一直压抑的神经。在透骨的寒冷中，她听到四面传来一阵比这更冷的歌声，就像苍鹰扑击天空后得意的鸣叫，深深地刺在了她的心上。

她不禁颤抖地裹紧了披风，她用双手环抱着肩，就像环抱着一轮残破的月，冰凉的，浸人的心。

虞姬问旁边那个年老的士兵，这歌声天天有吗?

是呀。老人叹气，太多的战争让他的眼睛迅速地灰暗下来。

虞姬回到了营地中，项羽已经入睡，她俯身望着他苍老却依然威严的脸，她用枯瘦的指抚着他脸上粗犷的线条，那是岁月留下的冰冷的痕迹，像是尖锐的刀刻出的隐约却持久的伤痛。

项羽在熟睡中安详地笑了，也许他是梦见援军来了吧，虞姬这样想着，她希望时间可以就此停住，那么项羽或许就可以在他虚幻而美好的梦中安静地沉沦。

可是她究竟得唤醒他。她就那么无声地站着，看定他，眼里已经有了泪光。

项羽看着她的样子，似乎是隐隐明白了点什么。但他还是忍不住问了句，发生什么了？然后他听到了四周传来的歌声，那是北方男人嘹亮的歌声。

项羽的脸色在瞬间暗淡，他的手重重地锤击床栏，在夜空中划出响亮的声音。他望着远方，说，原来刘邦的军队早已包围了这里。

虞姬心疼地看着项羽，他再也不是当年那个叱咤风云的将军了，再也不是那个君临天下的楚霸王了。或许在最后一场战争中，他会像所有曾经死去的人一样，把热血洒在那片空旷的草原上。那么他的壮志，他的英勇，他所有的光荣与梦想都会随着他的鲜血那样付之东流。

虞姬痛苦地转过身去，项羽把手搭在她肩上，他说，看来我们只有背水一战了。

她在泪眼中慢慢地低下头。她说，王，这是你最后一次上战场，我不希望你因为保护我而分心。

项羽惊讶地望着她，他想不到这个数年来一直跟随着他的女人会在这最后一刻，在他即将崩溃的时候离开他。

他禁不住冷笑着说，怎么，你怕了？那你就留在这儿，等着做刘邦的妃子。

虞姬微笑，不语。只是迅速地，在那么一瞬间，她用一把剑刺穿了自己的胸膛，然后她的身体倒在地上，发出沉闷的响声。虞姬的鲜血顺着她美丽的杏黄罗裙缓缓地流下来，流过了他们曾经肩并肩看过的每一轮春月秋阳。

项羽仓促地伸出手去抱住了她。几十年来他从未哭过，哪怕敌人的钢刀架在他的脖子上。可是今天他落泪了，为了这个他深爱的女人。

那夜，项羽就上了战场，他带着虞姬自尽时用的那把剑，那把凝聚了她一生血和泪的剑。

刘梦怡，笔名、网名索索。1989年4月生于江南，金牛座女生。平日里总在有阳光的午后坐在靠椅上听歌、看书。喜欢写字带来的异常安静的感觉。最大的梦想是有一天能带着相机、文字去流浪，从此快乐绵长。（第九届新概念作文大赛一等奖，第十届新概念作文大赛二等奖）